辺境モブ貴族の
ウチに嫁いできた
悪役令嬢が、
めちゃくちゃできる良い嫁なんだが？
[著] tera [イラスト] 徹田
2

学園内でアリシアと
学生らしい時間を過ごすのは、
何気に初めてかもしれない。
だからだろうか、
普通に一緒に勉強するだけなのに
何だかすごく緊張していた。

「――ギャハハハッ！」
来たか、
ジェラシス・グラン・イグナイトの
操る灼熱の魔人。

辺境モブ貴族のウチに嫁いできた悪役令嬢が、めちゃくちゃできる良い嫁なんだが？

2

［著］tera　［イラスト］徹田

HENKYO MOB KIZOKU NO
UCHI NI TOTSUIDEKITA
AKUYAKU REIJO GA,
MECHA-KUCHA DEKIRU
IIYOME NANDAGA?

口絵・本文イラスト：徹田

CONTENTS

HENKYO MOB KIZOKU NO
UCHI NI TOTSUIDEKITA
AKUYAKU REIJO GA,
MECHA-KUCHA DEKIRU
IIYOME NANDAGA?

第1章　夏休み前のひととき

「貴方《あなた》、夏季休暇《きゅうか》はどちらへ？　ウチは今年もカスケード・リゾートですの」

「良い場所じゃありませんか。私の家は毎年自領の避暑地《ひしょち》ですし」

夏季休暇を来週に控《ひか》えた教室では、そんな会話がちらほら出始めていた。

守護障壁《しょうへき》の内側に住む人々は、その窮屈《きゅうくつ》さから知らない内にストレスをため込《こ》んでしまい、貴族も平民も休暇の際によく旅行をする。

ゲーム内でもよく汽車を使って移動し、みんなで遊びに行く模様が描《えが》かれていた。

「たまには別の場所に行ってみたいですの、ええ、できれば家族以外の方と」

「そうですわねぇ……はぁ、今年こそは好きな殿方《とのがた》とひと夏を過ごしてみたいものですわぁ」

そんな女子たちの会話を横目に、そわそわと挙動不審《ふしん》な動きをする男子たちがいる。

どうやら声を掛《か》けるタイミングを見計らっているようだった。

「……良くない流れだ」

教室内は、思春期の若者たちのひと夏の経験をしてやろうって空気に満ち溢《あふ》れている。

「何が良くないんですか？　ラグナさん、何か考え込んでるみたいですけど」

そう独り言《ご》ちていると席の前にマリアナが立っていて俺《おれ》の顔を覗《のぞ》き込んでいた。

「やれやれアリシアが言ってましたよ」

俺の机の前にしゃがみ込んで瓶《びん》底メガネをクイクイと動かしながらマリアナは言う。

「こういう時のラグナさんは、何かとんでもないことを考えてるって」

「ええ……別に何でもないよ」

二人して俺を何だと思っているのだろうか。

「本当です？　私はアリシアにラグナさんを見張っておけと言われていますので」

「いやいや、本当にたいしたことないよ」

疑うマリアナに弁明しておく。

「ちょっと集中してアリシアのクラスを魔力《まりょく》探知してただけで」

「ええ……十分とんでもないことですよ……？」

「由々《ゆゆ》しき事態だから仕方ない」

ストーカーみたいなことをしているのは重々《じゅうじゅう》承知なのだが、仕方のないことなのだった。

先日、俺はプールサイドで大胆《だいたん》な宣戦布告を受けていた。

『——宣戦布告だよ、君はアリシアに相応《ふさわ》しくない』

奴《やつ》の、ジェラシスの言葉が鮮明《せんめい》に思い浮《う》かぶ。

『——まだキスもしたことがないんだ？』

クソッ、あの余裕《よゆう》の表情を思い出しただけでも殺意が溢れ出してきそうだ。

「ヒッ、なんか寒い……もう夏場なのに……」

「夏風邪《かぜ》じゃないか？」

「マジかよ、早退しようかな……医務室行ってくるわ……」

溢れ出た俺の殺気にあてられた男子生徒が、身震《みぶる》いしながら教室を出て医務室へと向かう。

「ラグナさん、凶悪《きょうあく》な魔力が漏《も》れてます。アリシアに言いつけますすよ」

「すまん、つい」

話が逸《そ》れたがつまりこういうことだ……ジェラシスは、アリシアの唇《くちびる》を狙《ねら》っている。

逆ハーレムメンバーは、パトリシアがせっせとフラグを立ててシナリオ通りに囲い込んでいると思っていたので、あの宣戦布告は完全に不意をつかれた形だった。

もはやゲームの知識なんて当てにならないレベルで、ストーリーがバグってしまっている。

物語の舞台《ぶたい》から、その渦《か》中から、アリシアとマリアナの二人を遠ざけて静かに過ごせれば良いと考えていた俺の破滅《はめつ》回避《かいひ》計画が台無しだった。

しかも狙いが俺ではなくアリシアの唇で、宣戦布告してきたジェラシスは彼女《かのじょ》と同じ教室。

これを由々しき事態と言わずしてなんと言う。わりとガチ目の緊急《きんきゅう》事態だぞ。

「休暇前に社交の場があれば、殿方を誘《さそ》ってみるのもよい案ですの」

「そうですねぇ、せめてファーストキスくらいはこの夏に済ませてしまいたいですわ」

焦《あせ》る俺の耳に、女子たちの言葉が突《つ》き刺《さ》さる。

この夏にファーストキスを済ませてしまいたいだと？　アリシアの唇が危ない。

ちくしょう、俺の命が狙いならば迎《むか》え撃《う》って殺せば良いだけなのだが、ジェラシスが挑《いど》んできた戦いの舞台は血みどろの戦場ではなく、俺の苦手とする戦闘《せんとう》以外の場所。

パトリシアの入れ知恵《ぢえ》なのだろうか、そうだとしたら実に巧妙《こうみょう》で策士だと思った。

何かの間違《まちが》いと言うか、洗脳と言うか、無理やりにでもと言うか。

万が一にもアリシアの唇を奪《うば》われてしまった日には、俺は世界を亡ぼしてしまうだろう。

「マリアナ、夏ってやっぱりキスがしたくなるもんなのか？」

「ええ、私に聞かないでくださいよ……私だって、その……まだですし……」

一応、アリシアの友達《ともだち》代表であるマリアナに尋《たず》ねてみると、彼女はそう回答していた。

少し頬《ほお》を赤らめて恥《は》ずかしそうにするマリアナの姿に、聞き耳を立てていた男子たちが歓喜《かんき》の声を上げ、それを女子たちが冷めた目で見ている。どいつもこいつも浮かれやがって。

やはりここが恋愛《れんあい》ゲームの舞台だからだろうか、みんな隙《すき》あらばワンチャンスを狙っていた。

せっかくアリシアもマリアナも物語の舞台から降りていると言うのに、こんな形で舞台に引き戻《もど》されるのは、何らかの力が働いているとしか言いようがなかった。

「コホンッ、なるほどわかりました」

もじもじする姿をなんだこいつと見ていたら、マリアナは咳払《せきばら》いで表情を取り繕《つくろ》って言う。

「ラグナさんは、他の方にアリシアが獲《と》られないか心配なんですね？」

「ぐっ」

仕返しとばかりに図星を突かれてしまった。

そうだよ、戦争以上に危機感を抱《いだ》いている。恋《こい》は戦争とは言い得て妙《みょう》である。

「まったく……婚約《こんやく》もして一緒《いっしょ》に住んで、誰《だれ》も手を出そうだなんて思いませんよ？」

「アリシアは美人だぞ？　良からぬことを企《たくら》む奴がいるかもしれないだろ」

ブレイブ領に来た当初、実際とんでもない変態魔術師《まじゅつし》に狙われていたアリシアだ。

今のちょっと陰《かげ》のある雰囲気《ふんいき》が好きって男子がいるかもしれない。

この間のプールサイドでアリシアを遠巻きに見つめる男子は多かった。

夏の良からぬ雰囲気で周りの男女がくっ付き出して、焦った男子が立場をすっかり失ってしまっているアリシアに身体《からだ》目当てで近付くかもしれない。

「かもしれないかもしれないって、馬車の運転ですか……？」

声に出ていたのか、マリアナはやれやれと肩《かた》をすくめながら溜息《ためいき》を吐《つ》いていた。

「でもブレイブ領で彼女と誓《ちか》ったんだ、どんな地獄《じごく》でも一緒に我慢《がまん》するって」

どれだけ後ろ指をさされても卒業まで我慢して、慎《つつ》ましく過ごすって。

そんな状況《じょうきょう》で、もしクソみたいな男に脅《おど》されたら……アリシアは我慢しちゃうだろ！

我慢してキスくらいは、と許してしまうかもしれないだろ！

クソッ、想像もしたくない！　おかしくなってしまいそうだ！

「こうしちゃいられない、今すぐにアリシアを狙う男どもを調べ上げて処理しないと」

席を立ちあがると、マリアナが呟《つぶや》いた。

「アリシアに言いつけますよ」

その言葉を聞いた瞬間《しゅんかん》、俺は立ち止まる。

「卑怯《ひきょう》だぞ、マリアナ」

余計な心配をかけないようこっそり敵を排除《はいじょ》してきたのに、バレたらおしまいだ。

今までは俺がマリアナを監視《かんし》する立場だったのに、すっかり逆転していた。

「突拍子《とっぴょうし》もない行動をした時は止めなさいってアリシアに言われてるので」

「……ぐぬぬ」

「そんなに心配ならずっと一緒に居たら良いんですよ。簡単な話じゃないですか」

「でもお前と二人でいる時間を俺が奪うのも忍《しの》びないだろ、友達同士の時間をさ」

同性同士でしか話せないこともあるだろうし、俺は適切な距離《きょり》を保てる男である。

セバスに言われたんだ、良好な男女関係の築き方は距離感《きょりかん》だ、と。

それに遊びに行く度に付き合ってる人を連れて来る友達ってウザいよな？

アリシアがそんな女だと思われたくないので、陰《かげ》からこっそり見守るのが一番良い。

「それで今まで頑《かたく》なに近寄らなかったんですか……？」

「夜は家で一緒に過ごしてるし、登下校も一緒だからな」

それにアリシアに表立って文句を言う輩《やから》は限られているが、俺は相変わらず大抵《たいてい》の貴族から捨て地と蔑《さげす》まれる立場にあり、一緒に居るとデメリットしかなかった。

「気にしてませんよ、そんなこと」

「俺が気にしてるんだよ」

アリシアは我慢すると言っていたが、近くに居て我慢を強《し》いるくらいなら、そっとしておいて平穏《へいおん》に過ごしてもらうのが一番良い。

俺は彼女に危険が及《およ》ばないように陰から敵を排除する。

「むしろ一緒に居た方が番犬になって良いと思うんですけどね？　最近、ラグナさんの近くにいると他の方が寄ってこないので楽なんですよ」

「え、そうなんだ？」

「ラグナさんに悪戯《いたずら》する人たちがことごとく不幸な目に遭《あ》っていると噂《うわさ》されてますよ？　根も葉もない噂だと思いますけど、私にとっては少しありがたいですね」

「と、とんでもないことを言われたもんだなあ」

学園に通い始めてから鬱陶《うっとう》しい奴はたくさんいて、二度と悪さできないようにこっそり痛い目に合わせていたのだが、捨て地の異名も合わさってすごい噂になっているらしかった。

実際に噂じゃなくて事実であり、アリシアもマリアナも疑っていそうだが、ここはすべて噂と言うことにして乗り切らせていただく。

「だから丁度良いんじゃないですか？」

平気でそんなことを言うマリアナに、本当に元主人公なのかと疑う程の強《したた》かさを感じた。

「今日は、放課後アリシアと一緒に図書室で夏季休暇の課題を早めにやっておこうと約束をしていますので、ラグナさんも是非《ぜひ》一緒にどうです？」

「うーん」

煮《に》え切らない俺にマリアナはグイっと顔を寄せて、瓶底メガネを怪《あや》しく光らせながら言う。

「端《はた》から見ていてじれったいんですよ」

「え？」

「アリシアは少し寂《さび》しそうにしていて、ラグナさんはアリシアのことを心配していて、お互《たが》いのことを思い合って距離を取るくらいなら、もう四六時中ずっと一緒にいやがれって感じなんです。何ですかね、逆に胃もたれすると言いますか」

「は、はい」

怒涛《どとう》の勢いで押《お》し切られた結果、俺は有無《うむ》を言わさず頷《うなず》かされることになった。

「さすがに今更《いまさら》いきなり来たらアリシアも困惑《こんわく》すると思いますので、今から一緒にお昼ご飯食べるついでにさらっと言っておきますよ。ではでは～」

それだけ言って、マリアナはさっさと教室から出て行ってしまった。

あの剣幕《けんまく》、さすがはゲームの世界で王族や貴族とバチバチに恋愛し合う元主人公である。

恐《おそ》ろしい女だ……疑ってすまんかった……。


放課後、マリアナに言われた通りに図書室へと向かう。

学園内でアリシアと学生らしい時間を過ごすのは、何気《なにげ》に初めてかもしれない。

だからだろうか、普通《ふつう》に一緒に勉強するだけなのに何だかすごく緊張《きんちょう》していた。

「アリシア、お、お待たせ……」

「う、うん、私も今来たところだし……」

先に来ていたアリシアも気恥《きは》ずかしいのか、少し目を背《そむ》けて返答する。

なんだろうこれ、あれ、なんかすごく恥ずかしい。

今まで離《はな》れて行動していただけあって、距離感が掴《つか》めない。

「はぁ、二人とも一緒に住んでるんですよね？」

もじもじする俺たち二人を見て、マリアナが大きな溜息を吐いていた。

「だって登下校とか合同授業以外では会わないんだもの……」

「でもしょっちゅうデートでウチに来るじゃないですか、楽しそうに笑いながら」

「あれは今日はデートするって覚悟《かくご》を決めてるからっ！」

休日は二人でお出かけするのが俺たちの過ごし方の基本である。

アリシアに王都を案内してもらい、マリアナのお店に立ち寄ってから帰るのだ。

それがルーティーンと化しているのだが、アリシアは毎回覚悟を決めていたらしい。

毎回仁王立ちでデートに誘われていたのは、その都度本気で臨んでいる証《あかし》だったのか。

「ありがとうアリシア、俺もこれから本気でデートするよ」

「え？　あ、ちょっとよくわからないけど、どういたしまして」

マンネリ化しないように努めてくれているとは、やはり俺は配慮《はいりょ》に欠ける男なのか。

情けない、でも王都のデートとかどこに行けば良いかわからんしな。

ゲーム内でも存在していた店に行くと、高確率で逆ハーレムメンバーと遭遇《そうぐう》するのだ。

「ラグナさん、意味わからないことを言わないでください、話が脱線《だっせん》しますから」

「すいません」

この場に居続けても他の生徒の邪魔《じゃま》になるので移動することに。

「マリアナ、とりあえずいつもの場所で良い？」

「はい、少し手狭《てぜま》ですが逆に丁度良いです」

いつもの場所とは、二人がよく使っている図書室の片隅《かたすみ》にある目立たない席である。

図書室は、何故《なぜ》か貴族令嬢《れいじょう》が茶会の場としてお喋《しゃべ》りしており騒《さわ》がしい。

そんな中でも本棚《ほんだな》のおかげで声があまり反響《はんきょう》せずに静かに過ごせる聖域なのだった。

恐らく、ヴォルゼアが気を利かせて静かになるような魔術《まじゅつ》を施《ほどこ》しているのだろう。

本来図書室とは茶会の場ではなく、生徒が調べ物や勉強をする場所なのだから。

「逆に丁度良いって何よ？」

「まあまあアリシア、細かいことは良いじゃないですか」

意味深なマリアナの発言に俺は一人《ひとり》でハラハラしていた。

俺が昼休みにアリシアの心配をしていたことはさすがに話してないよな？

言葉尻《ことばじり》的にとにかくキスがしたい変態みたいだったから俺の名誉《めいよ》が関《かか》わっているのだ。

「ではアリシアとラグナさんはこっちの席で！」

いつもの場所に移動すると四人掛《が》けだが少し小さめのテーブルがあり、マリアナは俺とアリシアを隣同士《となりどうし》に押し込む。

「……マリアナ貴方」

さすがに露骨《ろこつ》なお節介《せっかい》に、アリシアも彼女の考えが透《す》けて見えたようだった。

「さすがにバレてしまいましたね」

「世話焼きもここまで来れば気付かない方がおかしいでしょ」

「ふふふ、学園内でこの並びを見るのは新鮮《しんせん》です。ここから二人を見るの結構好きなんですよ」

マリアナがあまりにもニコニコしているもんだから、毒気を抜《ぬ》かれたアリシアは溜息を吐きながら大人しく従う。

「はあ、ラグナがいきなり放課後一緒に勉強したいだなんておかしいと思ったのよ」

「それはちょっとラグナさんが傷つくのでは……？」

本当だよ。

そう言われても仕方ないくらいだとは思うけど、実際に言われると意外と心に来るもんだ。

「ほらラグナ、隣《となり》に早く座りなさい」

「わんわん」

隣の席をパンパンと叩《たた》かれて、俺は従順な犬のように彼女の隣に座《すわ》るのである。

家でもたまに隣に来いの合図でこれをされるから抗《あらが》えない。

「わんわんって、まさしく番犬ですね……」

マリアナの想像ではもっとドギマギする様子を見たかったのだろうがこんなもんだ。

王都はアリシアのホームだからね、俺はアウェー。

「さっきまで初々《ういうい》しかったのに、もっとイチャイチャしても良いんですよ？」

「余計なお世話よ。私たちには私たちのペースがあるんだから」

アリシアの言葉に、うんうんと頷いておく。

そうだよ、何がひと夏の経験だ、キスだ。

俺とアリシアは清き付き合い、つまるところ本気で将来を誓い合った付き合いなのだ。

そこら辺に落ちてるようなラブコメと同じにして欲《ほ》しくないね！

「それもそうですね。無用な心配でした」

「でもマリアナが居なかったらこんな機会なかっただろうし、ありがと」

俺もアリシアの言葉に頷いて感謝を表明しておく。

「こらラグナ、ちゃんと喋りなさい」

「はい」

怒《おこ》られたのでそろそろ喋ろうか。

「マリアナありがとう。あと一緒に課題をしたかったのは本当だよ」

「本当？　私も本当に驚《おどろ》いてるけど」

傷つくよ本当に。まあ日頃《ひごろ》の行いか。

「早めに終わらせておかないと、下手《へた》に持って帰れば確実に腱鞘炎《けんしょうえん》になる」

「確かにそうかもね」

ブレイブ家の人手不足状況を知るアリシアは、俺の言葉に納得《なっとく》する。

マリアナも同行するんだからそうしないとバカンスどころじゃなくなってしまうんだ。

「今の内からって、そんなに遠いんですか？」

移動に時間が掛かると勘違《かんちが》いしているようなので訂正《ていせい》しておく。

「入学前、隣国《りんごく》との戦争でウチの連中はそこそこ戦死しちゃって慢性《まんせい》的な人手不足なんだよ」

「せ、戦死⁉　はわわ……私がお邪魔しちゃっても良いんですか……？」

「ラグナ、あんまりマリアナを怖《こわ》がらせないの」

「ハハハ、ブレイブジョークだよ、ブレイブジョーク」

「本当にジョークなんですか……？」

疑うマリアナだが、きっちり相手に損害を与《あた》えておいたので夏場に滞在《たいざい》しても問題はない。

と言っても、バカンスが楽しめる程の発展すらしてないけど。

「そうだラグナ、お土産は何にするの？」

未《いま》だに疑いの目を向けるマリアナに苦笑《にがわら》いしつつ、アリシアが話題を変える。

「汽車の後、馬車なんだからあんまり荷物になるものはダメよ？」

「無論、コーヒー豆を持って帰るよ」

ブレイブ領と比べて、王都に流通しているコーヒー豆は質が良かった。

ウチでは常飲されているので確実に喜ばれる。

「マリアナの店で飲んだ時の感動をブレイブ家のみんなにも味わってもらいたい」

ふっふっふ、マリアナのコーヒーを飲んだセバスはどんな反応をするんだろうな？

早く飲ませてやりたいもんだ。

「あら、被《かぶ》っちゃったわね……なら私は別の物にしようかしら？」

「一緒にコーヒー豆で良いと思うよ？　二人で量を確保しよう」

工芸品とかインテリア系は有事の際に紛失《ふんしつ》してしまう可能性もある。

刹那《せつな》を生きるブレイブの民には消耗品《しょうもうひん》が一番合っているのだ。

「量って、さすがに無理でしょ？　まさかマリアナを頼《たよ》るつもり？」

「うん」

「うんって貴方ねぇ、いくら何でもそんな量があるわけないでしょ」

「ふっふっふ、アリシア、あまり私を舐《な》めないでください」

俺たちの会話にマリアナがメガネをクイクイとさせながら混ざる。

「私を誰だと思っているのですか？」

「親友」

「妖怪《ようかい》コーヒー舌鼓《したつづみ》」

「アリシア大好きです。ラグナさん、色々バ――」

「すいませんでした」

バラしますよと言われる前に速攻《そっこう》で謝っておいた。

教室での出来事をアリシアに暴露《ばくろ》されてしまうのは、男のプライドが許さない。

「正直、コーヒー豆が大量に余ってるんですよね」

幸いアリシアから疑いの目を向けられる前に、マリアナが話を進める。

「自分のお店で使うんじゃないの？」

「いやぁ、正直入学できるとは思ってませんでしたので……」

賢者《けんじゃ》の子弟《してい》は狭《せま》き門。

不合格だった時はコーヒー専門店一筋で生きていくと考えて、多めに仕入れていたらしい。

「入学できたことは良かったのですが、逆に両立が難しくてですね」

「そっか、週末だけだとさすがに捌《さば》ききれなかったのね」

「そうなんですよー、一人で飲むのも不可能ですし」

このままだと夏が終わる頃《ころ》には一部が廃棄《はいき》になる。

ならば、持っていけるだけ持って行っちゃってくださいとのこと。

「コーヒー豆さんたちも美味《おい》しく飲んでもらえて幸せって言ってくれますよ」

コーヒー豆の声が聞こえるなんて、やっぱり妖怪じゃん。

「ならお言葉に甘《あま》えようかしら」

「お代はちゃんと払《はら》うから安心してよ」

ダンジョン実習の時に臨時収入が入ったから懐《ふところ》はそこそこ暖かいのだ。

コーヒー豆に追加して、マリアナを含《ふく》めた三人分の旅費だって賄《まかな》えてしまう。

何ならマリアナを連れて行くのは彼女を守れと言っていた学園長ヴォルゼアのお願いだ。

彼女の旅費を出せとごねれば、出してくれそうな雰囲気はある。

「ではその代金で私もラグナさんの家にお土産を準備しようと思います」

「そこまでしなくて良いのよ？　来てくれるだけで嬉《うれ》しいし」

「恐らくブレイブ家でコーヒー作ってその技術を教えることになるだろうしね」

アリシアの親友ってだけで笑顔で迎え入れてもらえるし、何よりマリアナの淹《い》れたコーヒーは明らかに他とは違《ちが》う美味しさを持っているので使用人たちはこぞって教えを乞《こ》うはずだ。

ちなみに、俺もその時にマリアナの技術を盗《ぬす》むつもりでいる。

そして俺のコーヒーをえぐいえぐいと腐《くさ》してきた使用人たちの度肝《どぎも》を抜いてやるんだ。

唯一《ゆいいつ》、戦うこと以外で前向きに頑張《がんば》れる趣味《しゅみ》になるかもしれない。

「教えられる程でもないですけど、頑張ります！」

そんなマリアナの決意を聞いた後に、俺たちはようやく課題に着手することとなった。

「あ、ちょっと参考資料取ってくるけど、必要な物ある？」

「私は大丈夫《だいじょうぶ》」

「私も大丈夫です」

二人は特に必要なさそうだったので、一人で資料を取りに向かう。

実技は完璧《かんぺき》なのだが、この国特有の賢者学、つまりは魔術の歴史に関しては細かい部分があやふやなので思い出すために資料が必要だった。

小さな頃から無詠唱《えいしょう》で魔術を扱《あつか》ってきた弊害《へいがい》でもある。


「カストル聞いて欲しい、最近パトリシアが冷たいんだ」

「やれやれ、殿下《でんか》またですか？　気にし過ぎですよ」

図書室の奥《おく》に目当ての本を探しに行くと声が聞こえて来る。

聞き覚えのある声、本棚の陰から覗くとエドワードとカストルが何やら話し合っていた。

カストルとは、逆ハーレムメンバーのインテリメガネキャラ。

フルネームは【カストル・フォン・ペンタグラム】、この国の宰相《さいしょう》を務めるペンタグラム家の次男だか三男だかだった気がする。

「週末のデートも、予定があるからと断られた。こんなことは始めてなんだ」

「殿下、パトリシアにも予定はあるんですよ？」

会話の内容は、最近パトリシアが冷たいとか言う至極《しごく》どうでも良いこと。

どうやら、最近のエドワードはパトリシアから塩対応されているらしい。

「手作りのお弁当だって、今まではすごく愛情を感じていたのにちょっと薄《うす》いんだ」

「それはむしろ毎日殿下好みの味付けをキープしていた彼女を褒《ほ》めるべきでは……」

それはそう。カストルの言う通りだった。

むしろ弁当に含まれる愛情の機微《きび》まで感じ取れるなんて、そんな馬鹿《ばか》な話があるのか？

「しかも最近は愛の魔術を唱えてくれないんだ！　萌《も》え萌えキュンって魅惑《みわく》の魔術を！」

「不思議ですよね、あの魔術だけでお菓子《かし》や飲み物がとても美味しくなるんですよね」

……漫才《まんざい》でもしているのかってくらい、クソどうでも良い内容に辟易《へきえき》する。

俺の探していた資料が二人の目の前にあるんだが、早く移動して欲しいもんだ。

「カストル、私はどうすれば良い？　どうすればもっとパトリシアと一緒に居られるんだ」

「殿下、私にそれを聞きますか？　私だってパトリシアと二人きりになりたいですよ」

「お前たちはいつも私の邪魔をする。先に出会ったのは私だぞ」

もっとも、とエドワードは言葉を続ける。

「お前たちが好きになってしまうのも理解できる。彼女はそれだけ素晴《すば》らしい存在なんだ」

「そうですね。パトリシアの才能はもはや私たちを凌駕《りょうが》しています」

「甘いな、彼女の良さは魔術の腕《うで》や頭の良さではない。見てくれるんだ、私をちゃんと」

パトリシアを褒めるエドワードの目は、うっとりとした表情だった。

ジェラシスほどではないが、かなり彼女を妄信《もうしん》しているように感じる。

順当にいけば、将来こいつが王国を背負うと言う事実に震《ふる》えが止まらなかった。

「まったく、パトリシアを褒めさせれば殿下の右に出る者はいませんね」

「そうだろうそうだろう？　絶対に渡《わた》さないぞ？　これは勅命《ちょくめい》にも近い」

「勅命とするならお忍びもそろそろお控えになって、殿下も身を固めませんと」

「学園にいる間は免除《めんじょ》だからな、そうやって私を遠ざける作戦には乗らないぞ」

会話の雰囲気的には、お互いにパトリシアを本気で取り合っているわけでもなく、良きタイミングでハハハと笑い合っていた。

いったい何を見せられているんだろうな、俺は。

「そうだ、エカテリーナの件はどうなった？」

「相変わらず取り巻きを引き連れてパトリシアに絡《から》んでいるようですね」

「やれやれ、困ったものだな、旧アリシア派の連中にも」

エカテリーナとは、元悪役のアリシアに代わって急遽《きゅうきょ》悪役っぽい形で現れた伯爵《はくしゃく》令嬢である。

ダンジョン実習でアリシアに言い負かされ相手にされなくなってからは、めっきり絡んでこなくなっていたのだが、話を聞くにパトリシアにはしつこく絡み続けているようだった。

旧アリシア派で括《くく》られたことに苛立《いらだ》ちを隠《かく》せないのだが、今は我慢しよう。

「殿下、パトリシアはこの間コーヒーを掛けられたそうですよ」

「なんだと！」

「平民には平民の飲み物が合うだなんだと言いがかりをつけられたそうです」

エカテリーナ、結構酷《ひど》いことをするもんだ。

マリアナが聞いていたら今すぐにでも存在を抹消《まっしょう》しに掛かるレベルの暴挙である。

「何故、パトリシアは私に言ってくれなかったんだ……」

「余計な心配をかけないように、と言う奴ですよ」

エドワードですら知らなかった事件を何故カストルが知っているのか。

それに気付かない程、エドワードは相談されなかったことにショックを感じていた。

「パトリシアはそこまでコーヒーを飲むわけでもない。だから学園でのコーヒーの所持は禁止にしても良いんじゃないか？　そもそも売ってないだろう？」

「一応アリシア嬢《じょう》ともう一人の賢者の子弟、そしてブレイブ家の方くらいですね」

「何？　アリシアがコーヒーを？　生粋《きっすい》の紅茶好きだったはずだ、信じられん」

「何か関係があるのかもしれませんね？　定かではありませんが」

「なら一律禁止が丸いか。しかし旧アリシアの派閥《はばつ》はどうにかならないものか？」

「元々、殿下の行動を逐一《ちくいち》監視するような方々《かたがた》でしたから、未だその性分《しょうぶん》は抜けてないのかと」

「アリシアとの婚約は破棄《はき》した。なのに未だに私に絡んでくる意味がわからない」

「もしかすると裏で何か企《くわだ》てているのかもしれません」

メガネを怪しく光らせながらカストルは続ける。

根も葉もない、見当違《けんとうちが》いな考察を。

「アリシア嬢は現状大人しくしているみたいですが、旧派閥の動きを鑑《かんが》みるとそうとしか」

「ブレイブ領で変わって帰って来たと思っていたんだがな」

「逆に、捨て地から再び舞《ま》い戻ってくるほどに執着《しゅうちゃく》していると言えますよ？」

「はあ……そうか、どうしたものか。では私は戻る。クライブと話があるからな」

「私は調べものがありますのでしばし残ります」

「ではまたな」

エドワードは大きな溜息を吐きながらこの場を立ち去った。

我慢したぞ、アリシア。

エカテリーナをアリシアが裏で操っていると勘《かん》ぐっている様だが、それは断じて違う。

俺とアリシアの決意にケチをつけられた気分でものすごく腹が立った。

あのすかしたメガネをかち割ってやろうかと思っていると、今度は女性の声がする。

「もうお話は終わったの？」

「ええ、終わりましたよ。殿下はすごく寂しがっておられました」

パトリシアが本棚の陰からひょっこり現れた。

「そうなんだ……なんだか可哀想《かわいそう》なことしちゃった、かな……」

「そんなことありません」

顔を伏《ふ》せるパトリシアの前にしゃがみ込んだカストルは、彼女の手の甲《こう》にキザったくキスをしながら言葉を続ける。

「今、殿下と一緒にいるとそれをよく思わない方々から心無い言葉を受けてしまいます」

「くすぐったいよぉ」

「愛とは常々《つねづね》そう言うものですよ、パトリシア」

見つめ合い、笑い合う二人。

エドワードとパトリシアの関係よりもかなり距離が近く見えた。

パトリシア、乗り換《か》えたのか？

「この手のいざこざは殿下に対処はできませんので、私にお任せくださいませ」

「ありがとう、カストル……すごく嬉しい……」

「パトリシア、貴方に褒められると頑張り甲斐《がい》があります。今日もよろしいですか?」

インテリメガネのイケメンがやや頬《ほほ》を赤く染めながら何かを求めると、パトリシアはクスクスと笑いながら頷いていた。

いったい何が始まるんだ、と固唾《かたず》を呑《の》んで見ていると。

「もうカストルったら……おいで子猫《ねこ》ちゃん」

「ああ、パトリシア……」

小さな胸にカストルを抱《だ》いて、頭をよしよし撫《な》でていた。

まるで我が子を見る母親のような慈愛《じあい》に満ちた表情である。

「パトリシア、貴方こそが我が聖母」

「言い過ぎだよぉ」

「いいや、今この時だけは君は私の母。ママンだよ。もっとよしよししてよママン」

「ウフフ、よしよし、良い子ねカストル。いつも陰で頑張ってて偉《えら》い偉い」

な、何を見せられているんだ俺は。

カストルは、ゲーム内にここまでマザコンチックな描写《びょうしゃ》は存在しない。

高いプライドの中に、運動や虫が苦手程度のギャップしかなかった。

腹黒さと責任感を両立させている切れ者キャラ。

「パトリシア、君の置かれている立場は私が一番理解している。だからもう少し待って欲しい」

抱かれてよしよしされたまま、カストルは決意に満ちた声色で続ける。

「夏が終われば生徒会の選考が始まる。そこで私は生徒会へと入る。そして私以上の才覚を持つ君を生徒会に推薦《すいせん》する」

「平民の私が入れるかな、生徒会」

「入れるさ。そして君を許さない周りの常識を二人で塗《ぬ》り替《か》えていこう」

「カストル……そこまで想っていてくれたの……？」

「想っているとも、初めて会った時から。エドワードは君との再会に運命を感じていたが、私だって同じように運命を感じていた。あの時、商会で働いていた君との再会に」

「まさかたまたま手伝っていた商会が貴方の知り合いのお店だったなんて」

「計算で私を負かしたその日から、ずっとずっと君が心に残り続けていたんだ」

なんと、エドワードだけではなくカストルとも小さい頃に会っていたらしい。

これはゲーム内では有り得なかった話だ。

パトリシアは偶然《ぐうぜん》を装ってカストルとの運命の出会いを演出していたってことである。

念には念を入れていて、本当に抜け目のないたいした女だった。

「彼《かれ》ではなく、私を選んで欲しい」

「まったくカストルは心配性ね？　貴方のママンが信用できないの？」

「私は勉強でも予習復習は気が済むまでやらないと寝《ね》られないタイプなんだ」

「じゃあ、また約束のキスでもしよっか？」

物欲しげにせがむカストルの顔を優《やさ》しく持ち上げると、パトリシアはキスをした。

キスしやがった、あいつら、キスしやがった。

キスと言うワードに狼狽《うろた》えていると、パトリシアは顔を放して恥ずかしそうに微笑《ほほえ》む。

「エドワードにもまだなんだよ？　これでわかった？」

「ありがとうパトリシア。よく理解できたよ」

「じゃあ先に戻ってて？　一緒に出ちゃうと噂になっちゃうから」

パトリシアに誘導《ゆうどう》されるようにカストルはこの場を立ち去っていく。

顔は紅潮しており、フラフラとした足取り。

頬が染め上げられた野郎《やろう》の顔面を一日に二回も目にするとは、なんか嫌《いや》な気分になった。

そしてパトリシアはエドワードルートからカストルルートに切り替えたことが確定する。

キスは一人のルートに入った時のみ、夏休みのイベントで解放されるものだったのだ。

「人様のキスを覗き見るなんて、随分《ずいぶん》とマナーの悪いことをするのね」

エドワードはついに捨てられたのかと考えていると、パトリシアが不意に呟く。

「……！」

気配を殺して身を隠していたのに、どうしてバレた。

バレてしまったのなら仕方ない。

「ついにエドワードから乗り換えたのか？　パトリシア・キンドレッド」

ついでに目的を尋ねるために、本棚の陰から出る。偽《にせ》主人公との邂逅《かいこう》だ。

「アンタ、明らかにモテなさそうよね」

「は？」

唐突《とうとつ》な悪口に思わず手が出そうになるが、何とか我慢する。

「人のキスをジーっと覗き込むだなんて、まさかキスもしたことないの？　童貞《どうてい》？」

「……殺すぞ」

いかんいかん、相手の言葉に踊《おど》らされるのは良くない。

戦場では、私怨《しえん》に取り憑《つ》かれた者から死んでいくのだ。

「目的は何だ？」

頭を切り替えて対話を試みる。

「今まではせっせと逆ハーレムを作っているように思えたが？」

「アンタにはそう見えたのね、そっか」

小馬鹿にした態度を崩《くず》さずに、パトリシアは言葉を続けた。

「私はただこの世界を攻略《こうりゃく》してるだけだから、邪魔しないでもらえるかしら？」

「ならどうしてジェラシスに宣戦布告をさせた」

舞台の上からアリシアとマリアナを降ろした上で、再び関わらせたのはそっちだ。邪魔をするなと言うのならば、邪魔しないでやっても良い。ただ。

「アリシアに明確な害意を持っているなら、お前もお前の周りも全員殺すぞ」

「わあ怖い。えぐい悪役が生まれる捨てられた領地から来ただけある」

思いっきり殺気をぶつけてもするりと躱《かわ》される。

それは相当な修羅場《しゅらば》を潜《くぐ》り抜けて来た証拠《しょうこ》でもあり、この女は本当に何者なんだ。

「勝手に言ってろ、お前が余計なことをするから物語がおかしくなって迷惑《めいわく》してるんだ」

「それはこっちのセリフ。まあ、何を喋っても堂々巡《どうどうめぐ》りね」

パトリシアは、ならこうしましょうと言葉を続ける。

「アンタが盗んだ聖具を渡しなさい。そうすれば手を引いてあげるから」

「そもそもお前じゃ無理だぞ」

本物の聖女が持ってこそ、終盤《しゅうばん》の危機に対抗《たいこう》できる代物《しろもの》なのだ。

偽物《にせもの》が持っていたところで、押し寄せる破滅に対処することは不可能である。

「交渉決裂《こうしょうけつれつ》ね。だったらいらない、もう必要ない物だし」

「別の聖具を得るつもりか？　させると思うか？」

そう告げると、パトリシアは懐からネックレスを取り出した。

「残念でした、もうとっくに予備は得てるってワケ」

「……チッ」

恐らくあれは別キャラのシナリオで使う分である。

「なら別にもう俺たちは関係ないだろ、好きに攻略すればいい」

「何言ってるの？　この私に手間をかけさせた責任はしっかり取ってもらうから」

「性格悪いって言われないか？」

「よく言われる」

俺の嫌味《いやみ》にパトリシアはにっこりとほほ笑むと、そのままこの場を後にした。

後に残るのは、不気味で嫌な雰囲気。

順当に行けばカストルに乗り換えてシナリオの攻略だが、果たしてそれで合っているのか。

わからない、シナリオは俺の知らない盤面《ばんめん》に来ている。警戒《けいかい》を怠《おこた》るべきではないだろう。


その後、俺は参考資料を手にアリシアとマリアナを待たせている席へと戻った。

「遅《おそ》かったじゃない」

「本棚の前で、丁度バカップルがキスしてたんだよ」

しかも赤ちゃんプレイ。

個人の趣味をとやかく言うつもりはないのだが、あまり羨《うらや》ましいとは思えなかった。

「夏よねえ……」

「夏だなぁ……」

能動的になって相手を探す時期でもありながら、春先に付き合い始めた初々しいカップルが丁度次のステップへと歩を進める、そんな季節である。

「アリシアはキスしたことあるんです？」

「へ？」

しみじみ季節を感じていると、マリアナがとんでもないことを聞いていた。

いきなり振《ふ》られた話題に、アリシアは一瞬《いっしゅん》言葉を詰《つ》まらせる。

言葉を詰まらせるって、まさかキスしたことあるのか？

エドワードとの婚約は生まれた時から決まっていたようなもんなのだ。

……まさか、まさかまさかまさか、経験済みなのかアリシア。

「くっ」

想像すると思った以上にショッキングで、足にきてふら付いてしまった。

子供の頃って女の子の方が精神年齢《ねんれい》が高めだから、決して無いとは言い切れない。

親とか子供の頃はノーカンだと言われがちだが、エドワードは元婚約者《こんやくしゃ》である。

……ガチじゃん。

「ぐふっ」

ついに俺は膝《ひざ》をついた。入学前にオニクスと戦って以来である。

「ラグナ……？」

そんな俺の様子に首を傾《かし》げるアリシア。

目線が丁度彼女の唇と同じ高さで、白い肌《はだ》に映える艶《つや》やかな桃色《ももいろ》の唇がよく見える。

その唇は、もう俺のではないってことか？

狼狽えるな、過去の彼女と今の彼女は全く別の人間だと思っていいだろう。

「俺は、ブレイブ家の人間……ッ！」

ファーストキスがなんだ、傷は誇《ほこ》りだ、生きた証なんだ。

全《すべ》てを知った上で愛そう、それがブレイブ家としての矜持《きょうじ》とも言える。

「アリシア、ラグナさんが立ち上がりましたよ」

「立ち上がったわね」

はあ、と溜息を交えながらアリシアは言う。

「まったく何を想像してるのか知らないけど、まだに決まってるでしょ」

アリシアからその言葉を聞いた瞬間、足の痛みは無くなった。

竜《りゅう》の一撃《いちげき》にも近いダメージは一瞬にして消え去った。

朗報だ、アリシアのファーストキスはまだ誰のものでもないぞ。

「そっか、まだなんだ？」

歓喜に打ち震えていると誰かが会話に割り込む。

「やあアリシア、そしてプール以来だね君とも」

「ジェラシス……」

唐突に現れたジェラシスに、アリシアは表情を硬《かた》くして、マリアナは泡《あわ》を吹《ふ》いて気絶した。

「隣、良いかな？　と言っても返事は帰って来なさそうだ」

「わかってるなら座らない方が良いわよ」

明らかに歓迎《かんげい》されてないのに、マリアナの隣に座ろうとするジェラシスをアリシアが止める。

「じゃあこっちか」

「待て、そこは俺の場所だぞ」

ナチュラルにアリシアの隣に座ろうとするので今度は俺が止めた。

空気が読めないのはわかっていたが、これはもはや読む気がないと言って良い。

「ジェラシス、貴方何をしに来たの？」

「プリントを届けに来た」

忘れ物を届けに来るついでに、アリシアの唇を狙いに来たってことか。

プリントを渡したら帰れ。グルルル。

「そ？　ありがとう」

「何してるの？　勉強？　偉いね、僕《ぼく》も混ぜてもらっても良いかな？」

「貴方がいるとマリアナが勉強どころじゃなくなっちゃうから無理ね、ほら」

アリシアの視線の先ではブクブクブクと白目を剥《む》いて泡を吹き続ける元聖女。

教室にいる貴族相手にはここまでにはならない。

恐らく本能がジェラシスの持つ地位を感じ取り、防衛本能が働いてるんだろう。

「僕、歓迎されてない？　もしかして」

もしかしてじゃなくて、普通に歓迎されてない。

俺に大胆な宣戦布告をしておいて、よくもまあこの場にのこのこと顔を出せたもんだ。

「暇《ひま》だから勉強会に混ぜてもらおうと思ったのに、僕も」

暇だからって、いつも逆ハーレムメンバーとワイワイやってるだろうに。

ジェラシスがいると面倒《めんどう》なメンツが集まってくる可能性がある。

「せっかくだけど一人集中できなくなるから無理ね」

さすがのアリシアもはい一緒に勉強しましょうとはならなかった。

「どういう風の吹き回しか知らないけど、あの子が気絶したままになっちゃうから」

「手厳しいね」

空気の読めないジェラシスもさすがにマリアナの状況を見て頬を掻《か》き苦笑いする。

気絶と言う名の対話の拒否《きょひ》。

話が通じないタイプに対して一番有効的な距離の取り方だった。

「帰りなさい、ジェラシス」

「じゃあプリントだけ渡しておく」

そう言って、アリシアがジェラシスからプリントを受け取ろうとした瞬間である。

チュッ。

「は？」

なんと彼女の手を掴んで、いきなり手の甲にキスをした。

固まるアリシア、当のジェラシスは何食わぬ顔で言う。

「初めてキスされたって感じの反応。本当にしたことなかったんだ」

その瞬間、俺は腰《こし》に差していた剣《けん》を抜いてジェラシスの首元に向けていた。

「婚約者である俺の前で、喧嘩《けんか》売ってんのか？」

「良いの？　図書室だよ、一応ここ」

「人目があるから大丈夫だとでも思っているのなら、俺のことを舐め過ぎだ」

小馬鹿にした態度で上から物を言いやがって。

一度俺に恐怖《きょうふ》し逃《に》げ帰ったことを忘れているのなら、今ここで思い出させてやる。

「ラグナッ！」

今すぐにでもクソ野郎の首を刈《か》り取ってやろうと思ったら、俺の首に首輪が付けられる。

「一度落ち着きなさい、私は平気だから！　ハウス！」

「……………わがっだ」

ぐぬぬぬぬぬぬぬぬぬぬぬぬ！

後ろから抱きしめられるような形で首輪をされたと言うことは、本気で手を出してはいけないと言うことなので、ここは彼女の意見を汲《く》んで剣を退《ひ》く。

アリシアの寛大《かんだい》な心と偽物とは大きく違う聖母の柔《やわ》らかさに免《めん》じて許すことにした。

「良い子ね。我慢しなさい。マリアナが気絶しっぱなしなのも結構不味《まず》いから」

確かに、気絶から目覚めることなく、今もなお泡を吹き続けているのは絵的にヤバい。

「失《う》せろ、次俺らの前に現れたら殺すからな」

「相変わらず物騒《ぶっそう》だね。だからまだなんだよ？　君は」

ジェラシスはくすりと笑って肩を竦《すく》めると、ようやくこの場からいなくなった。

敵からこんなにコケにされるなんて、目から血の涙《なみだ》が出てきそうなくらい悔《くや》しい。

我慢だ、アリシアと一緒に行動すると言うことは彼女を立てなければいけない。

「ラグナ、手の甲なんて貴族からしたら挨拶《あいさつ》みたいなもんだから気にしないの」

「ぐぬぬ」

手の甲だとしてもあいつにだけはそれを許したくなかった。

プリントを渡す振りなんかして、回避不可能のキス。

恋愛力が高過ぎると言うか、さすがは乙女《おとめ》ゲームの攻略対象キャラクターだった。

「ラグナ、大事なのは心だって教えてくれたのは貴方でしょ？」

あの日、約束した小指を見せられる。

そうだ。俺が好きになったのはアリシアの身体じゃなくて、心そのものなのだ。

俺だけが知ってるアリシアの強さなのである。

「とにかく、マリアナを起こしましょう。痙攣《けいれん》してる」

そう言われてマリアナを見るとビクビクと危ない動きになっていた。

……普通にヤバそうだ。

「せっかく一緒に放課後を過ごせる良い機会をこの子が作ってくれたのに」

「そうだね、課題どころじゃなくなっちゃったな」

俺がいなかったらそのまま手の甲どころではなかった可能性もある。

逆に俺がいたからこそ、こうなってしまったのかもしれない。

しかし、一つだけハッキリしたことがある。俺はあいつがとても嫌《きら》いだ。

◆◆◆

さて、週明けには夏季休暇を控えた休日のことである。

――バンッ！

「えっ⁉」

自室でブレイブ領に帰る準備をしていると、唐突にドアがぶっ飛んだ。

ドア枠《わく》の向こうには、ジャージにほっかむり姿のアリシアが鎌《かま》を持って仁王立ち。

「草刈《くさか》りするわよ、手伝いなさい」

「えっ、ドア壊《こわ》れたけど……？」

「そんなもの直せばいい、それがブレイブでしょ？」

「あっはい」

威風堂々《いふうどうどう》とした物腰《ものごし》は、すっかりブレイブに染まってしまったもんだ。

ブレイブ領に来た当初は儚《はかな》い感じだったのにな。

「早く準備しなさいラグナ、これは戦争よ」

「戦争ですか」

「私の畑と庭を荒《あ》らす虫たちとの戦争なのよ……ッ！」

そう言う彼女の瞳《ひとみ》には、俺でも震え上がる程の殺意が込められていた。

凛々《りり》しいなアリシア。強い女性って感じがして、すごく魅力《みりょく》的である。

「駆逐《くちく》してやるのよ！　虫たちを！」

普段《ふだん》の印象からは想像もつかない言葉だが、彼女がこうなってしまったのには理由があった。

今は夏場、彼女が畑に植えていたものは二十日大根。

年中栽培《さいばい》できて早く育つからと試《ため》しに植えていたらしいが、その野菜は夏場に弱い。

結果、病虫害の餌食《えじき》になってしまい、気が付けばアリシアの畑はボロボロだった。

畑には「え、これ本当にできてるの？」みたいな二十日大根しか育たなかったのである。

譬《たと》えるならば、剣術《けんじゅつ》をサボったガリガリ貧弱体型貴族の脚《あし》。

蹴《け》ったらポキッと簡単に折れてしまいそうな、そんな具合。

「ラグナ！　返事！　返事をしなさい！」

「はい！」

「わんでしょ！」

「わ、わん！」

怒《いか》りに呑まれて暴君は、こうして誕生してしまったのである。

もうデフォルトで俺を犬扱いして、右手に首輪を持ってらっしゃる。

こ、これは暴君だぁ。でもなんだろう、なんだかドキドキする俺がいた。

「マリアナも手伝いに来てくれるから総力戦よ」

「そうなんだ」

わざわざ休日に草刈りと害虫駆除《くじょ》に呼ばれるなんて、マリアナも不運である。

しかし聞けば「二人の愛の巣にお邪魔しても良いんですか⁉」と乗り気だったらしい。

あいつもあいつで変だよな。

「無事に勝利すれば、マリアナのコーヒーと手作りスコーンが報酬《ほうしゅう》だから」

「マジ？　頑張る」

彼女がコーヒーを用意してくれるのであれば、俄然《がぜん》やる気は出るもんだ。

先日はせっかく三人で図書室に居て、俺もマリアナのコーヒーにありつけるかなと密《ひそ》かな期待を寄せていたのだが、余計な邪魔者《じゃまもの》が入ったせいでお預けを喰《く》らっていたのである。

「できれば作業前に上質なカフェインを摂取《せっしゅ》したいが、贅沢《ぜいたく》は言ってられないな」

「マリアナのコーヒーがあればラグナは素直《すなお》に言うことを聞くわね」

「え？　いや別にアリシアが殺せって言ったらご褒美《ほうび》無くても俺は敵を殺すよ」

「馬鹿なことを言わないの」

割と真面目《まじめ》に言ってたりするんだけどな？　許可が出れば、俺はいつでもやるぞ。

さらに言えば、ご褒美をくれるともっとしっかり念入りに殺すことだってできる。

一族郎党《ろうとう》、生きていたと言う記録や記憶《きおく》まで何もかもやってやるんだ。

「生徒に手を出しちゃダメ。これは貴方のためでもあるんだからね」

「わんわん」

適当に返事をしておくが、満足そうにアリシアは顔を綻《ほころ》ばせていた。

確かにブレイブ家の方が反感を買いやすく退学になりかねないので、可能な限り我慢の方針。

でも生徒じゃなかったり、誰も見ていなければ、俺は確実に火の粉を払うだろう。

学生の領分を超《こ》えた場所で、もはや俺の戦場でもあるのだから。

「おはようございます！　ほほう、ここが二人の愛の巣ですか？　良い匂《にお》いがしますね？」

「マリアナ待ってて〜！　丁度来たみたいだし、ほら早く着替《きが》えちゃって」

玄関《げんかん》先からマリアナの声が響《ひび》いてきたので、さっさとジャージに着替える。

「ラグナ、午前中にさっさと終わらせて午後はゆっくり過ごしましょ？」

「うん」

「三人で草刈りして、貴方がゴミ出しに行ってる間に私とマリアナでお菓子を焼いておくから」

「わかった。草刈りも害虫駆除も俺一人に任せて良いよ、得意分野だから」

障壁制御《せいぎょ》であら不思議、益虫も害虫も根こそぎ駆除することができるのだ。

ブレイブ家が駆除できるのは魔虫だけではないと言うところを彼女に見せつけてやろう。

ついでにアリシアに寄ってくる害虫どももな！

「頼りにしてるけど、自分の畑は自分で草を刈るのが仕来《しきた》りなのよ」

「そうなの？」

「それでこそブレイブ家でしょ？」

そう言って微笑《ほほえ》むアリシアは、公爵《こうしゃく》令嬢とは思えないくらい自然体で素敵《すてき》だった。

◆◆◆

それから速攻で害虫駆除と草刈りを終えて、出たゴミを焼却炉《しょうきゃくろ》まで捨てに行く。

夏の間に面倒を見る人はいないから全て真っ新《さら》にしたようなもんだ。

二か月くらいかけて育つ緑肥を植えて放置しておいて、帰ってきたら耕し直す。

その時は九月上旬《じょうじゅん》ごろで、アリシアは大根あたりを植えてみる予定だそうだ。

余程二十日大根の全滅《ぜんめつ》が悔しかったのか、念入りに計画を立てていてもはや農家である。

「コーヒーコーヒー、お菓子お菓子、ふんふんふん」

さて、ゴミを捨てに行っている間に二人がご褒美であるコーヒーとお菓子を準備してくれているとあって、俺の気分は最高だった。

るんるんるん、と柄《がら》にもなくスキップ。

「貴様がラグナ・ヴェル・ブレイブか？」

「えっ、はい、ラグナです」

珍《めずら》しく知らない人から名前を呼ばれたなとるんるん気分で振り返ったら、教員の格好をした大人たち数十人が俺を取り囲むようにして立っていた。

物々《ものもの》しい雰囲気に萎《な》える。

「えっと、本当に教員ですか？」

「よく見破ったな、さすがは捨て地の猿《さる》と言えよう、我々は貴様を殺すためにここにいる」

頬を掻きながら尋ねてみると誇らしそうな反応をするのだが、バカかこいつら。

教員の格好をしていても規模が十数人ではなく数十人って、俺以外でも気付くだろうに。

さらに夜中ではなく白昼堂々の自白付きとは、バカのバーゲンセールだ。

「せっかく来てもらったところ本当にごめん、今ちょっと立て込んでるから後にして欲しい」

殺気丸出しで俺を取り囲む魔術師の刺客《しかく》たちに頭を下げる。

別に刺客なんぞ何人来たって構わないのだが、今は本当にタイミングが悪かった。

コーヒーと手作りのお菓子が俺を待っているってのに、なんで今なんだ。

「夏季休暇明《きゅうかあ》けが希望だけど、最悪今日の夜とかでも良いから出直してくれこの通りだ」

「何がこの通りだ、問答無用――――ッ！　こぺっ」

「うわっ、しまった思わずやってしまった」

懇願《こんがん》しているのに殴《なぐ》りかかって来たので、思わず首をへし折って殺してしまう。

「ごめん、本当に殺すつもりはなかった！　でもいきなり襲《おそ》ってくるからさあ！」

一応どこぞの刺客だからか、殺意は本物だった。

迷いのある人間ならば手加減できたかもしれないが、本気で殺しに来てる相手に対して手を抜くような教育は受けていないのである。

プロ相手には、身体が勝手に反応して迎撃《げいげき》してしまうのだ。

「穏便《おんびん》に済ませたかったのに、どうしてこうなった……」

でも馬鹿だろ？　武器も持たずに丸腰《まるごし》で飛び掛かってきて、魔術師同士の戦いで丸腰で殴りかかってくるやつなんて三流以下のド素人《しろうと》でしかない。

人を殺したことのある殺気を有していたが、チグハグと言った印象が強い。

「なっ⁉　あいつは暗部魔術師の中でもかなりの手練《てだ》れだぞ⁉」

「あの空拳《くうけん》のカラパンチが……」

「見えない拳《けん》を飛ばすことで、避《よ》けても絶対当たるパンチで有名なあいつが、まさか」

「し、知らない……誰だそれ……」

名前的には、空気砲《ほう》っぽい形の魔術を使うのかな？

何かしらの魔術を俺に使えば障壁が自動で感知するのだが、それが無かった。

つまりこのカラパンチとか言う奴は、魔術が発動する前に死ぬ程度の雑魚《ざこ》。

「もう、白昼堂々とこんな雑魚を送り込んで来るなよ……」

無駄《むだ》に数だけ多くて、殲滅《せんめつ》の手間を考えると溜息が出た。

アリシアにも言われたばかりで、白昼堂々と学園内で誰かを殺すのは避けたかった。

だが待たせてしまっている二人とコーヒーとお菓子に申し訳が立たないので仕方がない。

せっかく上機嫌《きげん》で過ごせていたのに、気分は最悪だ。

「雑魚共が、誰だか知らないけど覚悟しとけよ」

俺は、ここ数日の間にため込んでいた殺気を一気に解放して魔術師たちにぶつけた。

「これが噂の……ゴクリ……」

集団の陰に隠れつつ、最初からショートソードを抜いて構えていた一人の魔術師が息を呑む。

こいつは俺からひと時も目を離さず警戒していた。

俺の殺気にビビるのはいただけないが、恐怖は生き残るための重要な感情だから及第点《きゅうだいてん》。

「ふん、捨て地の猿風情が何を言っているのやら」

「まぐれの不意打ちでカラパンチを倒《たお》したからって、ガキが調子に乗るな」

「そうよそうよ、王都暗部の実力を思い知らせてあげるんだから」

……他の魔術師はダメだ、全然ダメだ、本当にダメだ。

数十人の魔術師が俺を殺すため一斉《いっせい》に動き出す。

しかし、その中で武器と呼べる物を持っているのは片手で事足りる人数しかいない。

ほとんどが何も持たない手ぶらか、いかにも魔術を使いますって感じの杖《つえ》。

確かに、杖は魔術を使う上でそれなりに使える道具だ。

頭の中でイメージすることが重要な無詠唱の魔術において、三次元的な位置を杖で指し示す行為《こうい》は脳内リソースの節約につながる。

だが、杖はあくまで武器ではなく道具だ。

せっかく詠唱と言う致命《ちめい》的な弱点を克服《こくふく》した魔術師だってのに、碌《ろく》な殺傷能力を持たない杖を持つのは実にナンセンス。自転車で言うところの補助輪だぞ、それ。

それなら長めの木の棒でも持った方が百倍マシだ。

リーチが長い分距離を取れて魔術師にとって有利だからな、まあ誤差だが。

「四天王方式は面倒だから全員で一気にかかってこい。この後予定があるんだからさ、俺」

「あらあら、デートかしら?」

俺の言葉に妖艶《ようえん》な格好をした女の魔術師が身体をくねらせながら前に出る。

「キスの味すらも知らなそうなガキのくせして言うじゃないの?」

「──あ?」

禁句が聞こえた。

「今、なんつった?」

「ひっ」

殺気を込めて睨《にら》みつけると、女の魔術師は腰を抜かして座り込んだ。

ああもう、キレちまったよ……。

「ああもう、キレちまったよ……」

心の声がそのまま出てしまうくらい、感情が抑《おさ》えきれなくなっている。

知らねえよ、キスの味なんか。知りてぇよ、どんな味がするのか。

俺は魔術師たちが囲む中、腰を抜かした女の正面へと堂々と歩み寄る。

「バ、バカ野郎！　相手の魔力に呑まれるな！　気をしっかり持《も》て！」

するとショートソードを握《にぎ》っていた一番まともな魔術師が叫《さけ》んだ。

「一斉に攻撃《こうげき》しろ！　連携《れんけい》を取れ！　ただのガキじゃねえ、歴戦の魔術師だと思え！」

時が止まったように俺を見つめていた魔術師たちは、ハッと我に返って一斉に攻撃を開始する。

砂塵《さじん》と刃《やいば》の竜巻《たつまき》、炎《ほのお》で作られた矢の雨、地面からは無数に土の槍《やり》が生え、空から熱湯。

その他にも、それぞれの得意とする攻撃魔術が、俺に向かって大量に放たれた。

「はぁ……」

溜息を吐きながら、俺は避けることもしなかった。

避ける必要すらなかったのだ。

俺の全身を覆《おお》う皮膜《ひまく》状の障壁は、雑魚共の魔術を一切《いっさい》通さなかったのである。

「な、何故生きている……？　何が起こっているんだ……？」

「う、嘘《うそ》だろ……？　信じられない……」

「俺の必殺魔術が……サイクロン・ジェットサイクロンが……」

大量の魔術で巻き起こった土煙《つちけむり》が晴れた後、平然とその場に立っている俺を見て魔術師たちは立ち止まって唖然《あぜん》としていた。

魔術に必殺もくそもない。

そもそも首を刎《は》ねれば人は死ぬわけで、魔術はそこに行きつくための手段でしかないのだ。

遠くから魔術を放ってハイおしまいだと思っているのならば、詠唱した魔術と変わらない。

目の前の女魔術師の顔を鷲掴《わしづか》みして言い放つ。

「学生から学び直せ、三下《さんした》ども」

「ひっ、あう、や、ややや、ややめて、キスがしたいのならお姉さんがしてあ――めりゅぎゅ」

そして不様に命乞《いのちご》いするその首を容赦《ようしゃ》なく捻《ひね》り折った。

だらしなく舌を出して、白目を剥《む》いて、タイトスカートが失禁に染まる。

「汚《きたな》いからキスは断固拒否で」

汚いなあ、ジェラシスにキスされたアリシアもこんな気持ちだったのだろうか。

手の甲だけど、挨拶がてらキスする貴族の文化っていかれてる。

女魔術師のそんな不様な姿を見て、キスは気軽にやって良いもんじゃないことを悟《さと》った。

俺はケダモノなんかじゃない。

そしてたった今、俺のファーストキスはドラマチックな場面でロマンチックに行うと決めた。

できれば結婚式《けっこんしき》が良いな、それか婚約式とか?

オニクスを呼んで竜の前で再び永遠の愛を誓うとか、めちゃくちゃ最高のシチュエーション。

それならば、世の女の子が思い描く、まるで御伽噺《おとぎばなし》の世界のようなドラマチックでロマンチックでエモーショナルでセンチメンタルな、一生忘れられない思い出のキスになりそうだ。

「学生の身分でキスとかさ、ケダモノ過ぎるだろ？　なあ？　ああんっ⁉」

パトリシアはただのビッチだ、カスだ。

「ジェラシスは陰キャの面を被った肉食ナンパカス男だよなぁ⁉」

「な、何を言ってるんだ……？」

「草食系の振りしてる肉食系が一番質《たち》が悪いんだよ！」

怒りに任せて女の死体を蹴り飛ばすと、周りの魔術師たちが慄《おのの》いていた。

「勝負を挑んだ魔術師を素手で殺し、さらに死体蹴《げ》りとは……」

「魔術師の風上にもおけん所業だ……」

知らんわ、そんな流儀《りゆうぎ》。聞いたこともない。

暗部とか言うどこまでも風下の連中が、風上を語るなよ。

「言っとくけど、先に仕掛《しか》けたのはお前らだからな？　次はこっちから行くぞ」

全ての魔術が通用しなかった今の状況で、生態系の頂点に捕食者《ほしよくしや》として立つのは俺だ。

一応アリシアの通う学園だからな、慈悲《じひ》の一つはくれてやる。

「自分が哀《あわ》れな野ウサギだって自覚があるならさっさと消えろ、そして二度と面を見せるな」

それでもなお、立ち向かってくる勇敢《ゆうかん》な間抜《まぬ》けがいるとするならば、今から一つ質問をする。

もし答えることのできた優秀《ゆうしゆう》な野ウサギだけは生かしてやる。

「じゃあ質問だ、この中にキスの味を知っている奴はいるか？」

「え？　は？」

唐突な質問に狼狽える雑魚魔術師どもだが、待つ時間は与えない。

「なあ、答えろよ……」

コンビニで初恋《はつこい》の味とか言って売られていた飲み物やお菓子があっただろ？

あれっていったい何味だったんだよ。答えてみろよ。

「答えてみろよおおおおおおお――ッ！」

キスをしたことが無くて何が悪い！　童貞で何が悪い！

ちくしょおおおおおおおおおおおおおお！

◆◆◆

「くそっ、血糊《ちのり》を洗ってたらすっかり遅くなってしまった」

数十人規模の死体。

近くに焼却炉があったとはいえ、灰にして証拠隠滅《いんめつ》するのにはそこそこの時間が掛かった。

「ラグナ！　遅い！」

家に帰ると、頬を膨《ふく》らませたアリシアが玄関に立っていた。

まさか数十人の魔術師と戦っていたなんて言えるわけもなく、適当に誤魔化《ごまか》しておく。

「ちょっと色々あって……本当にごめん！」

「もう、隠し事をするなとは言わないけど心配してるんだからね？」

平謝りする俺を見て溜息を吐きながらもアリシアはタオルを渡してくれた。

「外暑かったでしょ？　リビングにアイスコーヒーあるから、あとお菓子も」

「アリシア……」

何だろう、ここ最近の荒《すさ》んでいた心が満たされて行く感覚がした。

「ラグナ、図書室の件から気難しい顔をずっとしてたけど、心なしかスッキリしてない？」

「そう？」

「害虫駆除したおかげかしら？　帰省前に部屋の大掃除《そうじ》も出来たし」

スッキリした理由は、最近のイライラを魔術師たちにぶつけたからである。

しかし、それで空いた心の中を埋《う》められるのは彼女だけだ。

今までの俺だったら殺し終わった後、ただただ虚《むな》しくなるだけだっただろうしね。

「夏のブレイブ領、楽しみね。ブレイブ家のみんなに会えるのが待ち遠しい」

「俺もだよ。相変わらず何もない所だけど」

「それが良いんじゃない。私はラグナの生まれたブレイブ領が好きよ？」

その言葉は嬉し過ぎる。ブレイブ領が好きって、もうそれは俺が好きってことだろう。

もう学園に戻ってこなくても良いんじゃないか、とすら思えてしまう程の破壊力《はかいりょく》があった。

ここで俺もアリシアの何かを好きだと返せば良いのだが、上手《うま》く言葉が見つからない。

「アリシア」

何とか言葉をひねり出そうとしていると、リビングからねっとりとした視線を感じた。

「……ジー」

振り返るとマリアナがジーっと俺たちを見つめている。微動《びどう》だにせず。

「何してんですか、良い雰囲気ですしキスする場面ですよ二人とも」

その瞬間、隣でボンッと音がした気がした。

「ボン？」

目を向けると、アリシアの顔がゆでだこのように真っ赤に染まっていた。

「何言ってるのよ、まだ早い！　それにマリアナが見てる前ではダメ！」

「あっ、アリシアどこに行くんです？」

「まだ荷物準備し終わってないでしょ？　早い所やって夕食の準備！」

駆《か》け出していくアリシアとニヤニヤしながら後を追うマリアナ。

相変わらず俺は置き去りだが、良い物を見られたので良しとしておこう。

「まだ早い、か……」

つまりは今後、キスもありってことだよね？

俺は心の中でガッツポーズをした。

第2章　気まずいトレイン

「わわわ！　実は汽車に乗って王都の外に出たのって初めてなんですよね！」

「危ないわよ？」

汽車の窓から顔を出してはしゃぐマリアナ。

その隣《となり》にはアリシアが座っていて車内で静かにコーヒーを飲んでいる。

「王都を走る馬車よりもずっとずっと速いですよ！」

「街中を走る馬車と比べたらそりゃね」

俺《おれ》たちはついに始まった夏季休暇《きゅうか》を利用してブレイブ領へと向かっていた。

滞在《たいざい》期間は夏季休暇いっぱい。

宣戦布告から手の甲《こう》にキス事件、それからすぐに俺を狙《ねら》った魔術師《まじゅつし》の集団と、王都に居続けると色んな奴《やつ》らが押《お》し寄せてきそうな気配があったのでタイミングバッチリだった。

王都は人口がアホみたいに多く、人ごみに紛《まぎ》れて攻撃《こうげき》を仕掛《しか》けられると面倒《めんどう》。

その点ブレイブ領なら、よそ者の情報は全《すべ》てブレイブ家に集まるし、何より生半可な奴はあの土地を生き抜《ぬ》くことができない。

生き抜く力を持ってさえいれば、守護障壁《しょうへき》のある王都よりも安全なのだった。

「高速馬車ももっともっと早いんです？」

「そもそも定期便すら無いわね」

「そもそも定期便すら無いよ」

「そんなハモらなくても……」

線路も通らない、誰《だれ》も近寄らない、そんなブレイブ領に便利な交通網《こうつうもう》なんて無いのだ。

ブレイブ領から出る時はブレイブ家が頑張《がんば》って用意して、ブレイブ領を訪《おとず》れる時は一番近い領地からチャーターするしかないのである。

もしくは定期的に届く支援《しえん》物資に紛れて乗って来たって良《い》い。

「あ、ちょっとトイレ」

「ラグナ、また？　ちょっとコーヒーの飲み過ぎじゃない？」

少し控《ひか》えたらとアリシアに言われるのだが、それは無理な話である。

カフェインがなければもう生きていけない身体《からだ》になってしまっているんだ。

「今、俺の血肉は全てカフェインに置き換《か》わりつつある」

「はいはい、意味わからないこと言ってないで早く行ってきなさい」

「はーい」

俺は席を立って隣の車両へと向かう。

本当は警戒《けいかい》の都合上、車両ごとにトイレのある貴族用の車両に乗せてあげたかったのだが、アリシアが一般《いっぱん》車両で良いと言ったのでこうなった。

今回は貴族が苦手なマリアナもいるので仕方がない。

乗客も俺らだけで、テーブル付きのボックス席を取れたので良しとしておこうか。

「で、あんたはどこの誰かな？」

「ふげっ」

隣の車両にて、怪《あや》しい奴がいたので首根っこを掴《つか》み上げてそのままトイレに連行する。

実は、これがコーヒーを大量に飲んでトイレに行きまくる理由だった。

白昼堂々と刺客《しかく》を送ってくるくらいなんだから、当然車両の中にもいる。

刺客なのか、はたまた一般客《いっぱんきゃく》なのかわからないが、怪しい奴を見つけたらやることは一つ。

「ちょっ、やめっ、んごごっ⁉　うわあああああああああああああああ‼」

汽車のトイレの小さな窓から外にポイ。

普通《ふつう》に一般客じゃないのかと問われてしまえば何とも言えないが、アリシアとマリアナの命を天秤《てんびん》にかけた時に死んでもらうのは紛らわしい人である。

無情かもしれないが致《いた》し方ない。

どっちにしろ窓からジーっと俺たちのことを覗《のぞ》き見する奴なんて、十中八九良からぬことを考えている不届き者なのだし、ちゃっちゃと窓から捨てるに限るのさ。

え？　トイレの小窓は人が通れるほど大きくないって？

知ってたか、実は頭が入るスペースさえあれば、あらゆる関節を外すことによって無理やり身体を通すことができるんだ。

敵兵に捕《つか》まった際、生き残りたければ自分の意志で関節を外せるようになっておけ、それがブレイブ家の教えである。

「まったく、何度返り討ちにしても懲《こ》りずに近寄ってきやがって……」

おかげで俺はアリシアにトイレに近い男と言うイメージを持たれてしまったじゃないか。

ちなみに戦場に安全なトイレなんてない。

長時間、尿意《にょうい》などを我慢《がまん》できるように訓練しているので断じて頻尿《ひんにょう》ではない。

「てめぇ、さすがは暗部を解体に追い込《こ》んだだけ――あっ、待て今日は別――べこらぁ」

ゴキゴキバキバキ、ポイッ。

「トイレの前で何やってんだ?」

また一人《ひとり》、強制下車。

トイレのドアを開けると刺客が律儀《りちぎ》に待機しているのは、もはやギャグの領域だった。

「ごっこ遊びなら他でしろよ、まったく」

王都からの刺客は弱過ぎて、いつの間にか戦闘《せんとう》ではなくただの作業になってしまっていた。

死体の工場長と呼んでもらっても構わない。そんなレベル。

「ああ、早くブレイブ領に着かないかな」

汽車を降りたら馬車での移動。

いっそのことブレイブ領に汽車を通してくれたらな、なんて思ってはいるのだが、駅は魔物《まもの》に壊《こわ》されるだろうし、負けたら敵国に使われることを考えるとどうしてもできないか。

隣国《りんごく》との戦争を俺の代で終わらせることができれば話は変わってくるのかもしれないが、王国の方針は基本的に防衛のみであり協力してくれるはずもない。

隣国が攻《せ》めて来るイベントは物語の終盤《しゅうばん》なので、今は考えないようにしておこう。

そんなことよりも屋敷《やしき》のみんなに早く会いたい。

お土産のマリアナが選んでくれたコーヒー豆を早くセバスに味わってもらって、「坊《ぼ》っちゃんも中々やりますな」と関心する姿を見たかった。

たまに殺したいくらい憎《にく》い時もあるけど、幼少期からずっと面倒を見てもらっているので、親が戦死してしまった今はセバスが俺の親代わりなのである。

うーん、思った以上に帰ることを楽しみにしている俺がいた。

この世界に来て初めの頃《ころ》は、こんなところ早く出てって冒険者《ぼうけんしゃ》にでもなって世界を旅するんだなんだと夢理想を追いかけていたが、ブレイブ領が恋《こい》しくなるなんて思わなかった。

これが責任感と言う奴か？

ふふん、婚約《こんやく》もしてるからね、俺はもう大人なのだよ。ガキではない。

「ただいまー」

アリシアのいる車両へ戻《もど》ってくると、何やら聞き覚えのある声が聞こえてきた。

「ここが一般車両か！　特別車両に比べるとすごく席が多いな！」

「知ってたか？　特別車両と違《ちが》って一般車両は前もって席代を支払《しはら》っておくもんなんだぜ？」

「乗車券だろう？　問題ないぞクライブ、実はこっそり席を買ってある」

声の主はエドワードとクライブ。何故《なぜ》か隣の席に座っていた。

「すごく狭《せま》いな、パトリシアサイズだ。これが一般車両か、椅子《いす》もテーブルもすごく安そうだ」

「なあ見てみろ、テーブルの足を曲げると折りたためるぞ」

「何！　狭いスペースをこうして有効活用しているんだな？　よく考えられたものだ」

安いだの狭いだの、そんなことを語りながら愉快《ゆかい》に談笑している。

端《はた》から見てるとめちゃくちゃ嫌《いや》な成金って感じだった。

「おかえりなさい、ラグナ」

「た、ただいま……」

「色々思うところはあるでしょうけど、今はとりあえず席に座りなさい」

「はい」

アリシアの言葉が若干《じゃっかん》固い。

これは俺やマリアナ以外に対して接する時の公爵令嬢《こうしゃくれいじょう》モードである。

王族が隣の席に来たこともあって、マリアナはすでに気絶していた。

　こいつはこいつで相変わらずだな……。

「クライブ、私は今、一般車両に乗っている。すごいことだ。前から乗ってみたかったんだ」

「お忍《しの》びのスケールもグレードアップしてらぁ」

「ふふん、私の隠密《おんみつ》行動の巧《たく》みさは、生まれた時からずっと一緒《いっしょ》に居るお前ならわかるだろ？」

「一緒にしこたま怒《おこ》られたもんだぜ、俺は隠《かく》し事苦手だからな」

「はあ、本当はパトリシアと一緒に乗りたかったのだが、ままならないもんだ」

「学園内じゃないからなあ、さすがに許されないぜ」

　がっくりと肩《かた》を落とすエドワード。

　本当であればパトリシアも誘《さそ》って一緒に乗るつもりだったようだが、学園の外と言うこともあって許されなかったらしい。

　そりゃそうだ、許されるわけがない。

　学園内なら、賢者《けんじゃ》の子弟《してい》と言う平民の生徒を差別しない大義名分が成り立つし、ちょろっと放課後学園の外で遊ぶ程度なら許されるかも知れないが、汽車に乗ってしまえば王都の外。

　平民と王族が同じ車両に乗るなんてことはあってはならないのだ。

　国の威信《いしん》に関《かか》わると言うか、こんな一般車両に王族が居たら平民はパニックだぞ。

「まっ、何にせよ色々と誤魔化《ごまか》してくれたカストルに感謝だぜ」

「うむ、カストルの口の上手さが無ければこれは実現はしなかった。帰った時に感謝しよう」

二人の会話を聞いて思ったのだが、旅行シーズン開幕にもかかわらず乗客がまったくいなかったのは、このスケールアップしたお忍びが理由だったみたいだ。

二人は乗ったことがないからあまり気にしていないようだが、普通はもっと乗客がいる。

即《すなわ》ち車両ごと貸し切られており、トイレの前で何かを告げようとしていた怪しい男は、王族を狙った刺客だったのかもしれない。

では、何故俺らは乗車できているのかと言うと、ついでに殺してしまえと言う形だ。

「クライブ、これは秘密の話なんだがな？」

「良いのか？　そんな秘密の話を俺にしても」

気まずい空気の中、窓から外を眺《なが》める俺の元に男二人のヒソヒソ声が届く。

相当声を絞《しぼ》っているが、がらんどうの車内では聞こえてしまっていた。

もっとも俺の耳は障壁で空気の振動《しんどう》も受け止めるので、誰が何を話しているのかよく聞こえるようになっているんだがな。

「これはクライブにしか頼《たの》めないことなんだ……実は、汽車の終点でパトリシアと落ち合う約束になっていてな？　こっそりそこまで付いて来て護衛をして欲《ほ》しい」

「……おいおい、バレたらさすがに俺は庇《かば》い切れないぜ？」

「バレないさ。今の私は平民A、そしてクライブは平民B、平民Aの友達《ともだち》。そして後から合流するパトリシアは平民Aの妻と言う設定で、小さな宿で少し過ごす筋書なんだ」

意味不明な筋書過ぎて笑えた。

「最近冷たいなと感じていたけど、やはり再び出会う運命だった私たちに隙《すき》は無いのさ」

「護衛を引き受ける俺の苦労もわかって欲しいぜ？　ま、面白《おもしろ》そうだから良いけどよ」

自分の実力に余程自信があるのか、クライブはやれやれといった表情ながらも乗り気だった。

王都暗部の魔術師があの程度なら自分を過信しても仕方がないか。

パトリシアは完全にカストルに乗り換えたと思っていたのだが、ここへ来て再びエドワードと旅行をするだなんて、本当に何を考えているのかわからない。

曲がりなりにも王族で、強権を発揮すれば乗り換えたカストルに従わないと言う選択肢《せんたくし》は無くなってしまうから、適度にガス抜きをして癇癪《かんしゃく》を起こす事態を避《さ》けたのだろうな。

「……あぅあぅ」

「……よしよし、もう大丈夫《だいじょうぶ》よ？　私がついてるから」

アリシアは、うなされるマリアナを撫《な》でつつ目を閉じてジッと時間が過ぎるのを待っている。

賢明《けんめい》な判断だった。マリアナの気絶に倣《なら》っている。

しかしこれだけ座席が空いていて、なんで隣に座っているんだろう、不思議だ。

「……はっ！　また私、気絶していました？」

「そうね、そのままゆっくり寝《ね》てても良いのよ？」

「あっ、ちょ、アリシアそんなに撫でないでくださいよ、恥《は》ずかしいじゃないですか……」

「今は大人しく撫でられておきなさい」

「じゃあお言葉に甘《あま》えてよしよしされます……はあ、まさかこの一般車両に王族の方が乗車しているはずがありませんもんね？　びっくりして気絶しそうになりましたよ」

「思いっきりしてたわよ？」

アリシアの膝枕《ひざまくら》で安心したように一息吐《つ》くマリアナの姿は、まるで猫《ねこ》みたいだった。

「うーん、アリシアの膝《ひざ》は柔《やわ》らかいし良い匂《にお》いだにゃ～、ごろごろ」

いや猫だった。

アリシアも気まずい時間を何とか過ごすべくマリアナの喉《のど》をくすぐるもんだから、猫っぽさに拍《はく》車《しゃ》がかかっている。

一応そのポジションは俺の物なのだが、この後また気絶するだろうし今は譲《ゆず》っておこう。

「……目を覚ましたのかい？」

リラックスしつつあるマリアナの元へ、何故かエドワードが声を掛《か》け始めた。

「急に泡《あわ》を吹《ふ》いて気絶してしまったが、本当に大丈夫なのか？」

「ぴっ⁉　夢じゃない⁉　ぶくぶくぶくぶく」

案の定、再びマリアナは気絶して、大きくため息を吐きながらアリシアは告げる。

「はあ……殿下《でんか》、彼女《かのじょ》は過去の事故で貴族にトラウマを抱《かか》えています。だから私たちはいないものとして、そっとしておいて欲しいと説明したはずですが」

なんだ、俺が戻ってくる前にそんなことが起こっていたのか。

しっかり忠告をしていたのにも関わらず、エドワードは話し掛けていたのである。

貴族は相変わらず空気を読もうとしない、自分本位だ、

「いやしかし」

「ここは一般車両。王族が迂闊《うかつ》に来るとこういう事態も起こると考えた方が良いでしょう」

食い下がるエドワードに、アリシアはそうハッキリと告げていた。

マリアナの気絶はかなり特殊《とくしゅ》な事例だが、普通に一般客の気持ちを考えて欲しいもんだ。

同じ車両に王族が乗ってきて何か事件が起こった場合、平民は問答無用で処刑《しょけい》もある。

学園の外に出れば、それくらい雲の上の存在なのだ。

「…………はあ、まだそんなことを言っているんだな君は」

取り付く島もないアリシアに、エドワードは心底がっかりしたような冷たい目をしていた。

「あの凄惨《せいさん》な事件から学園に戻ってきて、少々度の過ぎた取り巻きから距離《きょり》を取り、平民であるもう一人の賢者の子弟とも仲が良いのは知っていたよ。だからこそ、あの時から変わったんだなと思っていたのだが……どうやら君に私の言葉は届いてなかったようだな……」

「ここは学園ではありませんので」

「私があの時、君に伝えたかったことの本質はそこじゃないんだ」

ややムッとした顔を作りながらエドワードはさらに言葉を続ける。

「アリシア、まさか賢者の子弟と共に学園生活を送っているのは親に言われたからなのか？　自身のイメージ回復のために、やってるんじゃないだろうな？」

「ッ……」

心無いエドワードの言葉に息を呑《の》むアリシア。

「おい」

「ラグナ、落ち着きなさい」

俺は思わず手が出そうになるのだが、その寸前にそっとアリシアに腕《うで》を握《にぎ》られて踏《ふ》み止《とど》まる。

彼女の目は我慢しなさい、と言っているようだった。

「元々君の取り巻きだった旧アリシア派だが、さすがに目に余る行為《こうい》ばかりだ。やり口は君がパトリシアにやっていたこととそう変わりない。学園外だと言うのならば、学園内での差別行為に関しては私に言う権利だってあるだろう」

黙《だま》ったままのアリシアを見て、エドワードはさらに言葉を並べ立てる。

「君が裏で糸を引いているのか引いていないのか、それを今断言することはできない。だがパトリシアが未《いま》だに後ろ指を指されているのは、君と取り巻きが残した悪しき風習によるものが大きいだろう。元々取りまとめていた君がそのあたりの責任を果たすべきじゃないか？」

実際に起こった婚約破棄《はき》と決闘《けっとう》事件について、俺はアリシアから一切《いっさい》聞いちゃいないのだが、ゲームを通して多少は知っている。

親が勝手に決めた婚姻《こんいん》と、その親の言うことばかりを聞いてきたアリシアのことをずっと窮屈《きゅうくつ》に思っていたとゲームの中のエドワードは語っていた。

ゲームの中ではみんな恋愛《れんあい》の末に結ばれるエンドだったが、普通に考えて貴族が蔓延《はびこ》る世界でそれは難しい話である。

生まれた時からそんな常識で生きていて、自分で決めることもできない状況《じょうきょう》で、エドワードのために努力していた彼女を俺は知っている。

弱い奴はすぐ死ぬのがブレイブ領だからこそ、アリシアは強いんだ。

学園内でのキャッキャウフフやこうしたお忍びごっこができているのも王族と言う今の地位の上に成り立っているのだが、この王子の中では違うんだろうな。

全て自分で決めた道だ、みたいな感じで勝手に誇《ほこ》りに思っているのだろう。

「まったく、君の取り巻きはいつだって外面《そとづら》ばかりを大切にして、それ以外を疎《おろそ》かにしている。私から婚約を破棄されようと、その腐《くさ》った性根《しょうね》は変わらないみたいだな？」

だからこそ、ものすごく腹が立った。我慢しろと言われていたがもう無理だ。

——殺すか、王族。

本気でそう思った時、思わぬ人物が声を上げた。

「あ、貴方《あなた》は何もわかってない！　アリシアを馬鹿《ばか》にしないでください！」

マリアナが立ち上がり、今にも泣きそうな目でエドワードを睨《にら》みつけている。

「まるで全部知ったような口ぶりで、なんでそんなに決めつけられるんですか！」

「いや私は君のためを思ってだな、アリシアは取り巻きと一緒にパトリシアを」

「私はそんなこと頼んでいません！　何も聞かずによくそんな酷《ひど》いことが言えますね！」

叫《さけ》ぶ度に彼女の身体から魔力《まりょく》が迸《ほとばし》り、先週襲《おそ》ってきた暗部の魔術師たちよりも圧力を感じた。

これが聖女の魔力か。

エドワードがこれを感じ取れているのかわからないが、彼女の剣幕《けんまく》にたじたじである。

「騒動《そうどう》のことは先生から少しだけですが聞きました……」

マリアナは何とか興奮を抑《おさ》えようと肩で息をしながら語る。

「凄惨な事件と言うよりすごく悲しい出来事だと思いました。私なら多分、二度と学園に戻って来ることもないでしょうし、すごく恨《うら》むと思います。奪《うば》った方も奪われた自分自身も」

でも、と彼女は震《ふる》える声でさらに続ける。

「アリシアは戻って来て、どれだけ立場が悪くなっても、周りの人から酷いことを言われても、耐《た》えて我慢して、私に優《やさ》しく微笑《ほほえ》みかけてくれるんですっ！　前のアリシアと今のアリシアを知っているのなら……」

マリアナは叫ぶ。

「それがどれだけすごいことなのかわかるはずですっ！」

過去のトラウマから、どうしても貴族が怖《こわ》くて震えるしかなかった自身と比べて、アリシアは過去の過《あやま》ちを受け入れて過ごしている、と。

平民である自身よりも酷い仕打ちを受けていると言うのに、絶対毎日苦しいはずなのに、同じ目線で接してくれて、笑顔を向けてくれて、むしろ守ってくれている、と。

「そんなことが……親の命令でできますか……？」

「マリアナ……」

マリアナの言葉を聞いたアリシアは、口元を抑えて涙《なみだ》ぐんでいた。

「もう良いの、私は大丈夫だから……貴方にそこまで言わせてしまって本当にごめんなさい」

「良いんですアリシア！　友達が酷いことを言われて見過ごせる程、私は落ちてないんです！　これで処刑でも構いません！　地獄《じごく》にでも何でも行ってやる覚悟《かくご》なんです！」

王族相手に啖呵《たんか》を切る姿。

それはまさにこの世界の主人公として相応《ふさわ》しい、そう思えた。

偽物《にせもの》に舞台《ぶたい》から引き摺《ず》り降ろされたとしても聖女の本質は変わらないのである。

だったらアリシアはどうなるんだって？

俺が絶対に元に戻さないから安心しろ、命を懸《か》けても守り破滅《はめつ》を回避《かいひ》するんだ。

「アリシア、貴方は強いです、尊敬しています」

「そんなでもないわよ……」

アリシアはチラッと俺を見ながら呟《つぶや》く。

「全然強くないの、私は」

「いいえ、以前、私がこの傷を治しましょうかと言ってしまった時があったじゃないですか」

マリアナはそう言いながらアリシアの前髪《まえがみ》を持ち上げ、額の火傷痕《やけどあと》を優しく撫でる。

「貴方はこの傷は戦った証《あかし》だからと断りましたよね？」

「うん……」

「逃《に》げたくなるくらい辛《つら》い過去があっても、それを受け止めて前に進むと言われた時、私はずっと貴方の傍《そば》に居ようと決めたんです」

そしてマリアナはアリシアを優しく胸に抱《だ》きしめる。

「これから先の傷は、私も一緒に受け止めます。そして私が治すんです」

「マリアナ……ありがとう……」

抱きしめ合う二人を見た時、俺はこう思った。

これが聖女か、と。

いや聖女となる運命を背負った女の子なのか、と。

「アリシア大好きですよ、これからもずっと友達です、親友です」

「マリアナ、私も好きよ、親友なんだから」

俺も便乗してアリシア好きだよって言いたかったが、空気を読んで黙っておく。

さっきまでの殺意は、マリアナの勢いによってとうの昔にどこかへ飛んで行った。

キレそうな時に、自分よりキレてる人がいると急にクールダウンしてしまう現象。

「殿下、マリアナは悪くありません」

そうしてアリシアは振《ふ》り返り、はっきりと告げる。

「彼女が不敬罪だと言うのなら、貴方がおっしゃられた通りに私が責任を取ります」

「いや不敬だなんて、そんなことは……」

エドワードの視線が一瞬《いっしゅん》だけアリシアの額に向いていた。

痛々《いたいた》しいその傷痕《きずあと》は、エドワード自身のわがままの結果でもある。

無理を押し通そうとすれば、必ずどこかにしわ寄せが行くものだ。

ゲームの中のアリシアは外道《げどう》となってしまったが、今の俺の婚約者《こんやくしゃ》として生きているアリシアは
結果を全て受け入れた上で精一杯《せいいっぱい》生き抜いている。

俺はそんな彼女が誇らしい、愛《いと》おしくて仕方がない。

「今はお忍びだから……この車両には私はいないことになっている……」

何とか言葉をひり出すエドワード。

「だから不敬罪になんてならない……いや、させない……」

そんなことを言っても周りが勝手にしてしまうのが、彼《かれ》の持つ地位の力なのだ。

ご高説を垂れていたが、お前は本当にわかっているのか？

好きな人と結ばれたい、ただそれだけで一人の女の子の人生がおかしくなってしまうのだ。

わからないからあんなに酷いことを言えたのだろうな、軟弱《なんじやく》な王子。

何も考えずに突《つ》っ走る性格がそのままだと、どこかで大切な何かを失う結果になるだろう。

いやもう失ってるか、アリシアと言う最強超絶《ちようぜつ》美人な婚約者をな！

とかはさすがにこの状況で言えないので、心の中で中指を立てておく。

我慢しなさいと言われたから口は出さないぞ？

俺は言われたことをしっかり守れる良き夫になるのだ。

「……」

エドワードが懇意《こんい》にしているパトリシアは平民であり、マリアナも同じように平民だ。

貴族と言う存在に対して思うところのあるエドワードは何も言い返せないでいた。

「なあ、俺らは別の車両に行こうぜ？」

黙ったまま動かなかったので、業を煮《に》やしたクライブが袖《そで》を引っ張っていた。

まあ、居心地悪いだろうから仕方がない。

何が気に障《さわ》ったのかわからないが、今のは明らかに言い過ぎだった。

「……君がアリシアの婚約者、ラグナ・ヴァル・ブレイブかい？」

「えっ？　はいそうです、ラグナです」

これ以上話すこともないだろうし、無言で帰る流れかと思っていたら急に話を振られた。

クライブが可哀想《かわいそう》だから帰れよ。

「彼女は、ブレイブ領で変わったのだな……」

「え？　いや元から良い女ですよ。強いし」

強いし、は余計だったのかアリシアに脛《すね》を蹴《け》られてしまった。

でも俺はアリシアの心の強さに惹《ひ》かれたんだし、嘘《うそ》は言いたくない。

彼女を褒《ほ》めまくりたいところだが、後で怒られるのも怖いので一言だけにしておこう。

さて何を言っても元婚約者と現婚約者で色々ありそうだし、なんと言おうか。

そうだ、俺の中で一つだけ揺《ゆ》るがないことを伝えておこう、これが丸い。

「心配しないでください、アリシアは俺が必ず守りますので」

「そうか君なら……できるだろうな」

何を言い返されるか構えていたが、エドワードはそれだけ告げるとこの車両を後にした。

残されたクライブが溜息《ためいき》を吐きながら俺たちに向かって頭を下げる。

「代わりに俺が頭を下げておくぜ、騒《さわ》がしくして悪かった」

「貴方が頭を下げる必要はないのよ、クライブ」

「さすがに言い過ぎだ。あいつが頭を下げられない以上は俺が下げるべきだぜ」

「大変ね、相変わらず」

律儀なクライブにアリシアも態度をやや軟化《なんか》させていた。

「もう慣れたよ。じゃ、俺がこの場に居るのも良くないから行くわ」

去っていくクライブの背中を見ながらマリアナが呟《つぶや》く。

「ラグナさん、なんで下げれないんですか？　アリシアが可哀想です」

「ん？　下げてたらお前は死ぬ」

「ひぇっ⁉」

簡潔に答えるとマリアナは顔を真っ青にしていた。

「こらラグナ！　怖がらせないの！」

「ごめんごめん、でも事実だよ」

エドワードが王族である以上、頭を下げればそれだけで平民は死ぬ危険があった。

高い地位であるが故《ゆえ》に、その気がなくても周りの人が勝手に動いてしまう。

その名もデスソーリー。俺の説明を聞いたマリアナは呟く。

「すごい世界ですね」

「そんなものよ。昔は平気だったけど、今なら息苦しいって思うわね」

守護障壁も合わさって、息苦しさはもはやこの国の特徴《とくちょう》だ。

「でも……謝りたくても謝れないだなんて、ある意味可哀想です」

「マリアナ、どこまでも優しいのね貴方」

ふとしたマリアナの呟きを聞いて、感極まったように抱きしめるアリシア。

なんか今日は抱きしめ合ってばかりだな、良いなあ。

「わっ、アリシア！　撫でまわされると喉がごろごろ鳴っちゃいますよ～！」

鳴るわけないだろと思っていたら本当にごろごろ鳴っていた。

マリアナの猫化が止まらない。

「今日のことは忘れて、残りの汽車の旅を楽しみましょ？」

「そうですね！　長時間汽車に乗ると聞いていたのでお弁当作って来たんです！」

気まずい空気に一時はどうなるかと思ったが、みんなが笑顔になったので良しとしよう。

「あ、そうだラグナさん」

「ん？」

「ラグナさんの言葉も格好良かったですよ。ね？　アリシア？」

「えっ？　あ、うん……ありがとラグナ……」

急に話を振られたアリシアは、少し顔を赤くして俯《うつむ》きながら感謝の言葉を口にする。

その様子を見て、マリアナが俺にサムズアップをしていた。

お節介《せっかい》だなと思ったが、正直めちゃくちゃ可愛《かわい》かったのでナイスお節介である。

第3章　ただいまブレイブ領

「うわあ～！　ここがブレイブ領ですか？」

「長閑《のどか》よねぇ」

「私は王都から出たことがなかったので新鮮《しんせん》です！　空気が美味《おい》しく感じますね！」

汽車の時と同じように、馬車の窓から身を乗り出すマリアナ。

その様子を微笑《ほほえ》ましく眺《なが》めるアリシア。

汽車の旅から馬車の旅へと乗り継《つ》いで、俺《おれ》たちはついにブレイブ領へと帰って来た。

「王都の空気が何となく濁《にご》っているのは守護障壁《しょうへき》があるからですかね？」

「どうかしら？　でも遮《さえぎ》る物がない風ってスッキリしてて最高よね」

二人の会話を聞いて確かにと思う。

守護障壁は風を遮る物ではないが、あれだけ人が密集していると息苦しくもなるもんだ。

「ラグナ、やっと着いたわね」

「そうだね」

汽車での騒動《そうどう》後からやけにマリアナとアリシアの距離感《きょりかん》が近く「妙《みょう》だな？」と思っていたりもしたのだが、アリシアは俺との会話も欠かさず行ってくれて嬉《うれ》しい。

まるで乙女《おとめ》ゲームプレイヤーのような細やかな配慮《はいりょ》だ。

俺からアリシアへのフラグは立ちまくりで、今すぐ最終エンドに向かったって良《い》い。

おっといけない、俺たちは清き付き合いだ。

心の中で暴れ出しそうなブレイブのケダモノをしっかりと牢屋《ろうや》に放《ほう》り込《こ》んで、鎖《くさり》をガチガチに巻き付けておかないと。

「そうだ、ブレイブ領って魔物《まもの》もたくさんいるんですよね？　王都近辺にはいない魔物が！」

話題はブレイブ領の魔物に移る。

「なんでそんなにワクワクしてるの？　魔物よ？」

「だって王都じゃ全然見ないじゃないですか！」

守護障壁があるからだな。

王都に向かって放たれた攻撃《こうげき》ならば一切合切を弾《はじ》いてしまう超《ちょう》高性能のバリア。

何百年も前から存在する障壁によって魔物を見たことがない世代もいるのだった。

「ダンジョン実習で見たでしょ？」

「そうですけど、なんだかパッとしないって言うか……？」

「まあラグナが一人《ひとり》で倒《たお》しちゃったからそう思うのも無理もないわね」

「そうなんですよぉ」

「え、俺のせいなの？」

あの時は罠《わな》が明らかに致死性《ちしせい》高めだったので、全《すべ》て自分で受け止めていたのだ。

そんなことも知らずにマリアナは魔物に対しての夢を語る。

「だから本場ブレイブ領の魔物は密《ひそ》かに楽しみにしていました」

観光気分のマリアナだが、ブレイブ領はサファリパークではない。

実習の時とは比べ物にならない魔物がわんさかいるのだ。

「楽しめたもんじゃないと思うけどなあ」

「でも魔物の生態とかって気になります。教科書に載《の》ってることが本当に正しいのか！」

「なるほどね。基本的には教科書に載ってる通りで良いよ」

「ラグナさん、それだと夢がありません」

「魔物に夢なんてないが……？」

ブレイブ領の民は、常に魔物の隣《となり》で食うか食われるかの瀬戸際《せとぎわ》を生きている。

夢ではなく現実なのだ。すぐ隣に食物連鎖《れんさ》のやり取りがあるのだ。

「ラグナ、もし遭遇《そうぐう》した時の備えとか、豆知識的なものはあったりするの？」

マリアナの言葉を少しマイルドにして、アリシアが会話を続ける。

前に山脈に入った時は魔物に遭遇しなかったから少し気になっているようだった。

「実習の時に訓練するって言ってたでしょ？　事前知識くらいは持っておこうかなって」

「んー、食生活が山菜メインのオークとゴブリンはあんまり肉が臭《くさ》くないとか？」

「……」

「……」

豆知識がお気に召《め》さなかったのか、二人は凄《すご》く微妙《びみょう》な表情をしていた。

いやでも食糧《しょくりょう》が無くなった時とか、仕方なく魔物を食うこともあるだろ？

その時にこの知識があれば、「あ、このオークの食性は山菜メインだから食えないこともない」って安心できるはずだ。そうして生き残れる。

「もっとこうグリフォンは認めた相手を背中に乗せて飛んでくれるとかそう言うのください」

「えぇ……たぶんそう言うのは無いと思うよ……」

「そうなんですか？　やってみないとわからないですよ！　スライムとか美肌《びはだ》効果ありそう！」

「弱い個体とかだったらまあわからんでもないけど、たぶん肌溶《はだと》けるぞ」

スライムは弱いと思われがちだが、結構危険な魔物なのだ。

顔にまとわりつかれて窒息死《ちっそくし》する奴《やつ》だっている。

何より身体《からだ》の穴から体内に侵入《しんにゅう》されて、内側から溶かし食われることもあるんだ。

「本当に危険だからその意識は捨てた方が良いよ。好奇心《こうきしん》で死ぬよ」

「ふぇぇ……」

「こら、怖《こわ》がらせないの！　って言いたいところだけど、ラグナの言うことはもっともね」

「アリシアどっちの味方なんですかあ！」

「マリアナの味方よ？　今のマリアナって知らない魔物について行っちゃいそうだし」

「いやあ、さすがについて行きませんよ！」

わいわいしてる二人だが、普通《ふつう》に俺の味方じゃなかったことがショックだった。

なんだよなんだよ、俺だって二人のことを思って夢も希望もないこと言ってるのに。

「魔物は家畜《かちく》と違《ちが》って人間に従属することは無い、ってのがブレイブの常識だよ」

土地柄《がら》共存なんてなく、長い歴史の中で互《たが》いに生存をかけて争ってきた関係だ。

俺たちの中で魔物を殺すことが当たり前になっているように、魔物たちも人間は殺すべきとなっていてもおかしくない。

「王都の常識は通用しないかもしれないから気を付けてね」

「あのぅ、街中も危険なんですかね？」

「そんなわけないでしょ、普通よ普通。遊んでる子供だっているから」

「そうだね、ブレイブジョークだよ、ジョーク」

昼間は危ない場所に近寄らなければ平気だが、夜は変なのがいたりもする。

魔物はできる限り入り込まないように努めているけど、それでも限界はあるんだ。

魔物に限らず冒険者《ぼうけんしゃ》だって別に善良な奴らではない。

自衛する手段は可能な限り身につけておくに限る、それがブレイブ領なのである。

「そんな場所で私たちはダンジョンに行くんですよね？　アリシアよく平気ですね？」

「え？　普通に怖いわよ？　当たり前じゃないの」

でも、とアリシアは言葉を続ける。

「でも怖いって感情を否定するつもりもない。知る切っ掛《か》けでもあるから」

「知る切っ掛けですか」

「うん、深く知ることが何よりも大事なことだって、前に教えてもらったの」

と言って俺を見るアリシア。あの時、俺が彼女《かのじょ》に向けた言葉だった。

「誰《だれ》が言ったのか想像つきますねえ、やれやれお腹《なか》いっぱいですよ」

「ふふ、誰かしらね？」

アリシアはくすりと笑いながらマリアナに向き直り、言葉を続ける。

「だから怖くても行くの。私って王都以外は知らないことばかりだから、少しでも知るために」

「アリシア、やっぱり強いですね」

「私なんてまだまだじゃない？　ラグナを見てごらんなさいよ」

「それは比べる対象が間違《まちが》っていますよ」

仮にそうだったとしても、はっきり言うのも間違っていると俺は思います。

「そうかもね。それでも私は……」

アリシアが何かを言おうとした瞬間《しゅんかん》、空で魔物の鳴き声がした。

「キュァァァァン！」

甲高《かんだか》い鳴き声で馬がパニックを起こして馬車を揺《ゆ》らす。

「な、何が起こっているんですか⁉」

「わからない！　落ち着いてマリアナ！」

馬車を運転していた御者《ぎょしゃ》が客車の小窓を開けて、酷《ひど》く焦《あせ》った様子で俺たちに告げた。

「お客さん！　グ、グリフォンです！」

「マジか」

窓から顔を出して空を見上げると、確かに上空でグリフォンが旋回《せんかい》していた。

「間違いなく狙《ねら》ってる時の動きだね」

ああやって上空をグルグル飛んで、襲《おそ》うタイミングを見計らっているのだ。

グリフォンの話があった後に襲撃《しゅうげき》されるだなんて、さすが元主人公である。

「ど、どどど、どうするんです⁉」

「丁度良い、試《ため》しに乗ってみる？」

「乗るわけないじゃないですか！」

「だよね」

あんなに乗ってみたい雰囲気《ふんいき》だったのに、いざ実物を前にしたマリアナは涙目《なみだ》で慌《あわ》てていた。

あれだけ魔物の怖さを話した後ならば仕方ない。

「ラグナ、どうするの？」

アリシアは、俺と一緒《いっしょ》に馬車の窓から身を乗り出して上空を見ながら冷静な様子である。

「やけに冷静だね、アリシア」

「隣であれだけ騒《さわ》いでる子が居たら、慌てる気にはならないでしょ？」

汽車の時の俺と同じような感じらしい。

「まだ無詠唱《えいしょう》はできないけど、一応指示があれば動けるようにしておく」

「偉《えら》いねアリシア。でもそう思ったら即《そく》詠唱してぶち込んだ方が良い」

そう言いながら俺は障壁を展開した。

その瞬間、上空からとんでもない速度でグリフォンが強襲《きょうしゅう》し障壁にぶつかる。

「魔物は待ってくれないから」

「うん……次から気を付ける」

「魔術師《まじゅつし》は詠唱の時間があるから機動力のある相手には弱いし仕方ない」

このまま二人に戦わせるのも良いのだが、積み荷にコーヒーが載っている。

余り時間をかけると戦いの余波で馬車が壊《こわ》されかねなかった。

「積み荷が心配だし俺が相手する。マリアナを落ち着かせておいて」

「……わかった、気を付けてねラグナ」

アリシアに見送られ、俺は馬車から飛び出してグリフォンの正面へ。

至近距離《きょり》で障壁に爪《つめ》を立てるグリフォンは飢《う》えた獣《けもの》の目をしていた。

飼い慣らせるか、この魔物。

無理だな、目の奥《おく》に感じるのは圧倒《あっとう》的な人間への拒絶《きょぜつ》だった。

「キュァァァァン！」

鳴き声を上げて、グリフォンは一度上空へと飛び立とうとするが足を掴《つか》んで引き摺《ず》り下ろす。

「逃《に》がすわけないだろ」

対グリフォン戦で何よりも注意すべきなのは、開幕の飛行攻撃。

高高度から加速を付けた強襲は、まともに受ければ身体がバラバラになってしまう程だ。

だから優先的に翼《つばさ》を狙い、飛び立とうとすればそれを阻止《そし》するのが手っ取り早い。

「ラグナさん、グリフォンが飛ぶのを掴んで阻止しましたね……」

「そうね……」

落ち着いたのか、マリアナとアリシアが馬車の窓から戦いを見ていた。

「飛ばしたら攻撃か逃走《とうそう》を選ばせちゃうからね」

グリフォンなんて野放しにしていたら周りの人たちに迷惑《めいわく》が掛かる。

「いや、そうじゃなくて引き摺り下ろすのがとんでもないって話ですよ」

「綱引《つなひ》きじゃなくてバランスを崩《くず》させてるからね」

そうして俺は有無《うむ》を言わさずグリフォンの翼を削《そ》ぎ、首を刎《は》ね飛ばした。

ドサリと巨体《きょたい》が倒れ、刎ね飛んだ首が片手に収まる。

「終わったよ、じゃあ先に進もうか」

少し時間を食ってしまったが、ブレイブ家の屋敷《やしき》まではもうすぐだ。

馬車に乗り込むとアリシアがボソッと呟《つぶや》く。

「私もいつかああやってグリフォンを倒せるかな？」

「うーん、そうだなぁ」

グリフォンの足を掴んで地面に引き摺り倒すアリシアか……。

想像したらすげぇ女傑《じょけつ》って感じがして、俺は好き。

「倒せると思うよ。でも無理する必要はないとも思う。俺が守るからね」

そう竜《りゅう》に誓《ちか》ったんだ。

強くなっては貰《もら》いたいが、それはあくまである程度自分の身を守れる程度である。

暗部の刺客《しかく》くらいなら蹴散《けち》らせるくらい。

俺みたいな命を削《けず》るレベルの訓練は、すごく大切に思う今はして欲《ほ》しくないかもな。

「そっか」

そう告げるとアリシアは困ったように微笑みながら馬車に戻《もど》って行った。

「……アリシア？」

なんだか少し悲しい瞳《ひとみ》をしていた気がするのだが、俺の見間違いだろうか。

◆◆◆

グリフォン襲撃以降、特に何か事件が起こると言ったこともなく、俺たちは和気あいあいとした馬車の旅を終えてついにブレイブ家の屋敷へと到着《とうちゃく》した。

「アリシア様、お帰りなさいませ！」

「私たち一同、ご帰宅を待ち望んでおりました！」

「ただいま、みんな！」

馬車を降りたアリシアの周りに、ウチの使用人たちが集まっている。

嬉しそうに笑うアリシアの姿は、もうブレイブ家の一員だった。

俺は無視されてちょっと傷ついてるがまあ良いだろう。

「お帰りなさいませ、坊《ぼ》っちゃん」

「ただいまセバス」

俺にお帰りと言ってくれるのはお前だけだよセバス。

「首輪をされていると言うことは、何かやらかしたんですすな」

「……ただいまセバス」

「はい、お帰りなさいませ坊っちゃん」

この一言多い感じも久しぶりで、本当に帰って来たんだなって気持ちになった。

ちなみにマリアナはと言うと、借りてきた猫《ねこ》のような状態でまだ馬車にいた。

「話は事前に伺《うかが》っております。さ、マリアナ様、どうぞこちらへ」

「あ、あの、よ、よよよ、よろしくお願いします！」

面白《おもしろ》い状況《じようきよう》の前でも、セバスは優《やさ》しく微笑んで彼女をアリシアの元へと連れて行く。

さすがだセバス。

「アリシア様、マリアナ様、長旅でお疲《つか》れだと思いますのでどうぞ中でお寛《くつろ》ぎください」

「アリシア様からご親友と聞いております！　お荷物をお持ちいたします！」

「アリシア様のご親友とのことで精一杯《せいいつぱい》おもてなしさせていただきます！」

「わ、わわわっ、ありがとうございます！」

「マリアナ、私が部屋まで案内してあげる」

二人は使用人たちと共に屋敷の中へと入っていく。楽しそうで何よりだ。

「坊っちゃん、事前のお手紙助かりました」

「用意しろと言ったのはアリシアだけどな」

俺はいきなり帰る予定だったのだが、アリシアに来客を知らせる手紙は絶対に出しておけと念を押《お》されていたのである。

「さすがはアリシア様ですな」

「うん」

いや、本当に助かりますアリシアさん。

じゃないと、マリアナの部屋の準備も俺たちを迎《むか》え入れる準備もままならなかっただろう。

「坊っちゃん、学園生活はどうでしたかな？」

「セバスの想像した通りだと思うよ」

「では、中々良き学園生活をお送りのようで、大変嬉しく思います」

「言うじゃないかセバス」

濁して答えるとセバスは嬉しそうに笑ってくれていた。

面倒《めんどう》ごとはそれなりにあったけど、一緒に笑ってくれる友達《ともだち》ができたのはすごく大きい。

「マリアナのおかげで、アリシアはたくさん笑うようになったよ」

俺もアリシアも立場的に友達を得ることは絶望的だったんだ。

だから俺がしっかり傍《そば》にいてと思っていたが、同年代の異性とあまり関《かか》わってこなかった俺には難しかっただろう。

そこを埋《う》めるように、マリアナがアリシアの隣に居てくれて本当に助かった。

「……うん、良い学園生活だったと思う」

どんな表情のアリシアも可愛《かわい》いが、笑ったアリシアはもっと可愛いんだ。

「坊っちゃんに同性のお友達はできましたかな？」

「ふっ、聞くな」

遠くの空を見つめると、セバスはほっほと笑っていた。

俺に友達は未《いま》だにいない。

正直、一人くらいはできると思っていたのだが、できなかったものは仕方ないのである。

わかっていたことじゃないか、そんなこと。

「余裕《よゆう》ができたらぜひ作ってみてはいかがでしょう？」

「余裕でできなかったんだよ、聞くな」

「使用人一同、坊っちゃんに同性のお友達ができることを心より願っておりますので」

そりゃ、できたら良いよな？

もし俺が間違った道を進んでしまった時、それを止めてくれる人は果たしているのだろうか。

王都に行って、俺と同じ年齢《ねんれい》の生徒たちを見て、俺は大きな差を感じていた。

ブレイブ領でも対等と言える存在はセバスとオニクスしかいないのである。

「殴《なぐ》り合える友達なんてさすがにできないよなあ……」

「いや殴り合うのが友達じゃないですぞ、坊っちゃん」

「え、そうなの？　でも気軽に肩《かた》パンし合える仲に憧《あこが》れるじゃん」

「障壁で坊っちゃんに肩パン効かないじゃないですか」

「うぐ……でもそんな男友達が欲しい！　熱く拳《こぶし》で語り合えるような！」

「それは諦《あきら》めましょう」

「お前は本当に正直で酷い奴だな！」

久しぶりのやり取りに、セバスは髭《ひげ》を撫《な》でながらニコニコと笑っていた。

「ほっほ」

「ははっ」

釣《つ》られるように俺も笑う。そうか、もしかして友達ってこういう関係か？

くだらないことで笑って、それで釣られて笑い返して……いつかできると良いなあ。

「して坊っちゃん。使用人一同気になっていたのですが」

急にシリアスな表情になるセバス。いったい何が気になっていると言うのか。

「アリシア様との関係はどこまで進みましたかな？　一つ屋根の下で二人だけの生活ですが」

「ふっ、聞くな」

「そうですか、お変わりない様で何よりです」

なんか刺《さ》さる言い方だが、どう言う意味だ？

急にシリアスな表情でクソどうでも良いことを聞きやがって、本当に嫌《いや》な奴だ。

◆◆◆

翌日早朝、執務室《しつむしつ》でさっそくお土産として持参したコーヒーをセバスと味わう。

マリアナが淹《い》れたコーヒーを前に、セバスは真剣《しんけん》な面持ちで言った。

「ほう、このまろみ……これは坊っちゃん、とんでもない方とご友人になられましたな」

「わかるか、セバス」

初めて彼女のコーヒーを味わった時に感じた衝撃《しょうげき》をセバスも感じているらしい。

豆が違うのか、それとも作り手の腕《うで》が違うのか。

俺も研究を重ねているのだが中々彼女の味を再現することができないでいる。

「使用人一同、この味を研究して再現できるようになってくれ」

「しかし書類仕事には坊っちゃんのえぐいコーヒーも欠かせないものですぞ」

「そうか、俺のコーヒーも美味しいか」

「便利でございます。弛《ゆる》んだ兵たちの気も引き締《し》まりますし、拷問《ごうもん》にも使えますので」

「……ふざけんなよ」

コーヒーを褒《ほ》められて素直《すなお》に嬉しいと思っていたら、とんでもない用途《ようと》だった。

俺が何を言われても傷つかないと思っているのなら大間違いである。

「セバス様、訂正《ていせい》ですがマリアナ様とご友人になられたのはアリシア様でございます」

「ほう、このまろみ……これはアリシア様はとんでもない方とご友人になられましたな」

執務室の扉《とびら》の前で待機していた使用人の一人が訂正を入れ、セバスは律儀《りちぎ》に言い直す。

間違ってないのだが、わざわざ俺の目の前で言い直す必要性はあるのだろうか。

やれやれまったくこいつらは、仕方ない使用人たちだぜ。

「セバス、お前は極刑《きょっけい》に処す」

「いやはや、思慮《しりょ》深さが足りませんな坊っちゃん」

「そうか、じゃあ打ち首で」

俺に思慮深さが足りないのなら、お前らには配慮が圧倒的に足りてない。

「まあまあ坊っちゃん、ささ、コーヒーを飲んで本日の職務に取り掛かりましょう」

「うわあああああああああああああああああ！」

ガンガンガンガンッ！

こうして額を執務室の机に打ち付けるのも久々《ひさびさ》な気がする。

「帰宅した翌日に、仕事させられるなんて思いもしなかったよ！　夏季休暇《きゅうか》だぞ！」

「夏休みが許されるのは学生の身分までですな」

「学生だぞ！」

「本格的に引き継いではいないと言えど、ブレイブ領の領主ですな」

前世風に言うのならば俺は社会人学生であり、執務《しつむ》から逃《のが》れることはできないのだった。

王都の学園に通っている間は他の人たちが代わりにやってくれているだけありがたいか。

「夏季休暇の課題、早めに終わらせておいてよかった」

「良い心がけですな、使用人一同嬉しく思っておりますとも」

どうせ休む暇《ひま》なんてないだろうなと思っていたからこそ、先んじて終わらせていたのである。

それでも今日くらいはと思っていたのだが、早朝から敷地《しきち》内の畑に向かうアリシアを見て、俺は逃げ場なんてどこにもないことを悟《さと》った。

マリアナの淹れたコーヒーをこうして朝から飲んでいるのが証拠《しょうこ》である。

「休みたいと思った俺がおかしいのか？」

「勤勉ですな、お二方とも」

使用人たちはもはやアリシアとマリアナの信者みたいな形だ。

俺だけサボっていると何を言われるかたまったもんじゃないので執務室に居るのである。

「では、私は仕事を終わらせてからマリアナ様に美味しいコーヒーの淹れ方を教わり、アリシア様と畑の様子を見る予定がございますので、この辺で失礼いたします」

そう言って足早に執務室を立ち去る使用人の一人。

「みんな自由過ぎないか？」

「皆《みな》やるべきことはしっかりこなしておりますので、良いではないですか。使用人一同嬉しいのですよ、坊っちゃんたちが戻られてから再び屋敷が賑《にぎ》やかになりました」

「それもそうだな」

やることやってるならば何も文句はない。

むしろ、人手が足りない中でみんなよくやってくれているとすら思っている。

求人出して人が来るような場所じゃないから、人的資源は本当に貴重なのだ。

「そうだセバス。昨日帰る途中《とちゅう》にグリフォンに襲われた」

セバスと二人になったので、二人でしか話せないことを話す。

「ほう、グリフォンですか。そう言うのは昨日の内にご報告いただけませんと」

「帰って来たばっかりでみんな忙《いそが》しかっただろ」

単純に久しぶりにみんなに会えてすっかり頭から飛んでいたのだが、それを言うと格好が悪いと思ったので適当に言い訳を並べておいた。

「まあ、久しぶりの帰省ですから緩《ゆる》んでいたかと思われますし、良いでしょう」

「心を読むな」

バレバレだったから逆に適当に誤魔化《ごまか》したこの状況が一番格好悪いじゃないか。

「生まれた頃《ころ》から存じ上げおりますから」

「で、話を戻すが、山脈はオニクスに任せていたはずだっただろ？」

「ちゃんとたらふく食べてくれていますよ」

セバスは手に取った書類をペラペラと捲《めく》りながら続ける。

「冒険者の食い扶持《ぶち》もありますし、グリフォンの一体は仕方ないことですな」

「だよな、だったら良いんだよ」

オニクスに任せたと言っても細かい指示なんて竜相手にできるわけがない。

魔物の暴動が起こってブレイブ領が破滅《はめつ》しないように食べてもらうだけなのだ。

山脈の浅い場所、人の立ち入ることのできる領域は冒険者でカバー。

それで全ての魔物を駆逐《くちく》できないってのもユーダイナ山脈の凄さを物語る。

どこで生まれて、どこから来るのか、魔物って不思議だよな。

「ですがグリフォンはしばらく見ていませんな？　冒険者の報告にもありません」

「だったら仕方なくないじゃん」

「オニクス殿《どの》はしっかり約束を守ってくれている、と言う意味ですが？」

「はいはい、俺が悪かったよ」

回りくどい聞き方をした俺が悪かった。

「坊っちゃんが王都に発《た》ってから今まで町に魔物が入ったと言う報告はないですな」

「なら昨日の強襲はなんだったんだろうな？」

たった一体のグリフォンだが、急に不気味な雰囲気を醸《かも》し出す。

たった一体、されど一体。そうやって小さな変化を見逃《みのが》して、俺は肉親を全員失ったのだ。

「……隣国《りんごく》は？　さすがにまだ動けないと踏《ふ》んでいるが」

「国境沿いに目を向けておりますが、これはまだ大丈夫《だいじょうぶ》だと断言して良いでしょう」

「なら良い」

セバスが大丈夫だと断言するのならば、山脈の動向には関係ないとみて良い。

「セバス的には何だと思う？」

「坊っちゃんが強襲された時間帯、ブレイブ領は平穏《へいおん》そのものでした」

こう言っちゃなんだが、ブレイブ領の空には遮る物がない。

グリフォンクラスが空を自由に飛んでいたら絶対に誰かが気付いて領内がざわつく。

遠くで見つかったとしても一日あればブレイブ家に報告が入ってくるのだ。

「それにもし山脈に住むグリフォンならばわざわざ道端《みちばた》で馬車を襲いません」

「そうなんだよなぁ」

狡猾《こうかつ》な個体は山脈から出てこないし、はぐれ個体なら町に出る。

「こんなことならその場に捨ててこなければよかったなあ」

解剖して食べてるものを見れば、棲息域がわかるってのに。

「まあ仕方ありませんな、隣の領地で何か不審《ふしん》な動きがなかったか探りを入れておきます」

「隣の領地か……」

俺たちが乗っていた汽車の終点であり、エドワードが向かうと言っていた領地。

何か特別な観光地があると言うわけでもないが、それなりに発展はしている場所。関連性が無い、とは言えなくもなかった。

「セバス、魔物を制御《せいぎょ》することなんてできないのがブレイブでの常識だよな？」

「誘導《ゆうどう》くらいはできますな。それで苦い思いをされたでしょう？」

「魔物一体、小型ならともかくグリフォンだぞ？」

ブレイブ領外からそんな魔物を捕獲《ほかく》して無理やり持ってくるのはさすがに目立つ。人目の隙間《すきま》を縫《ぬ》って、たまたまその場にいたのかもしれない。

どのパターンも可能性がないこともなく、断言することはできないので行き詰《づま》った。

「坊っちゃん、どっしり構えておきましょう」

「うーん……」

魔物の動きは中々読み辛《づら》く、気付かぬ内に大きなうねりとなって破滅に繋《つな》がる。

それで一度失敗しているからこそ、入念に調べて不安を払拭《ふっしょく》しておきたかった。

今この家には、守らなければならない存在が二人もいるのだから。

「よし、明日オニクスに会いに行ってくる」

「それで良いかと。オニクス殿も坊っちゃんのことを気にかけてらっしゃいましたし」

「本当か？　まああいつツンデレだからな、おっとオニクスには内緒《ないしょ》だぞ」

「心得ておりますとも。下手《へた》なことを告げればブレイブ領が滅《ほろ》びますから」

そんな訳で、一旦《いったん》グリフォンのことを忘れて俺は書類仕事に意識を向けた。

帰宅後はもっとゆっくりしたかったのだが致《いた》し方ない。

「そうだセバス、ブレイブ領に碌《ろく》な観光地がないことなんて重々《じゅうじゅう》承知なんだけどさ」

「自分で言いますか」

「無い物はないだろ。でだ、二人を連れて遊べる場所ってどこがあるかな……？」

「山脈があるじゃないですか」

「いや、俺はもう人を連れてそんな場所に行く程、非常識じゃなくなったんだよ」

前はアリシアを連れてダンジョンに遊びに行こうとしていて止められたもんだ。

そんな過去を蒸し返すように言うなんて、本当にセバスは性格が悪い。

「いやはや、坊っちゃんが成長なされて使用人一同感激の極みにございます」

「はいはい、で遊びに行くならどこ？　さすがに連れてきて何もないのはちょっと」

「夏場ですから川遊びなんかどうでしょう？　涼《すず》しいですよ」

「なるほど川遊びか、さすがセバス、良いチョイスだ」

なら、みんなの水着を用意しないといけない。

川で遊ぶなんて二人は想像もしていないから、絶対に持ってきてないのだ。

「水着の用意を頼《たの》んだ」

「かしこまりました」

とびきり素敵《すてき》な水着を頼むぞセバス。

◆◆◆

翌日、さっそく俺はユーダイナ山脈へと向かい、オニクスの元へとやってきていた。

帰省早々山脈を走ることになるなんて、俺はなんて働き者なのだろう。

しかも並の冒険者では到達《とうたつ》困難な場所で、全力疾走《しっそう》六時間と言うハードワークだ。

「ハァハァ……オニクス！」

息を整えて竜の名前を呼ぶと、バサッバサッと羽ばたく音が聞こえる。

ゴツゴツとした剥《む》き出しの岩肌《いわはだ》に巨大《きょだい》な影《かげ》ができて、巨大な黒竜が降り立った。

オニックスドラゴン、正真正銘《しょうめい》伝説の生物である。

「何用だ、ラグナ・ヴェル・ブレイブ」

「いやさ、久しぶりにお前の顔を見たくてね」

「我は貴様の顔なんぞ見たくない」

「そんなこと言うなよ」

生態系の頂点と言うか、この世の理《ことわり》から一つ外れた竜種の驕《おご》りか。

こいつの受け答えは基本的にこんな感じである。

彼《かれ》らからすれば、人間なんて弱く脆《もろ》い下等な生物に過ぎないのだから。

「で、姿を見せなかったが今まで何処《どこ》に行っていた？」

でもこうして気にしてくれているので、俺は心の中でツンデレドラゴンと呼んでいる。

略してツンドラ。絶対に口には出せないけどな。

「王都だよ。学園に通ってた」

「あの忌々《いまいま》しい守護障壁に守られた聖域か」

忌々しい障壁……言い得て妙なオニクスの言葉に俺も同意である。

「わざわざ遠方から子供を集めて共同生活させるとは、人間とはつくづく面倒な生物よ」

「そうだね、俺もそう思う」

竜でも忌々しいという程の守護障壁の安全性は抜群《ばつぐん》なので仕方がない。

もっとも俺やアリシア以外の貴族にとってはだけど。

「おい、誓いは守られているのか？」

目の前に巨大な顔を寄せながら、オニクスは黒い眼《め》で俺を射貫《いぬ》く。

「この我の前で誓ったのだ。もし果たされていなければ、今この場で貴様を喰《く》らってやろう」

「問題ないよ。しっかり守ってる」

「ふん、つまらん。だが我も認める貴様が三百年も平和を過ごした奴らに負けるはずもない」

「うん、弱過ぎて話にならなかったよ」

オニクスの言う通り、暗部の凄腕《すごうで》っぽい雰囲気の魔術師ですら俺には一切《いっさい》届かなかった。

「あの障壁の内側にいると俺まで弱くなりそうだった」

「貴様ら人間の言葉にすれば平和ボケと言うそうだな」

「そ、そうだね」

人間のことを下等生物と言う割には、結構物知りなんだよなあ……。

「む、貴様……鈍《にぶ》ったか？」

ジロリと俺を見ながらオニクスは言う。

「心拍数《しんぱくすう》も上がり、魔力《まりょく》の質も以前に比べて下がっているな？　我の竜眼《りゅうがん》は欺《あざむ》けんぞ」

「戦いとは無縁《むえん》の場所だからね」

え、それなりに戦ってたじゃないかって？

ジェラシスはそこそこしぶとかったが、暗部の魔術師は戦いとは言えなかった。

って言うか竜眼でそこまでわかるってことはドクタードラゴンじゃん。

「我と戦い生き延びた人間が情けない。それで本当に顔を見せに来ただけか？」

「いや、少し気になることがあってね、それを尋《たず》ねに来たんだ」

竜眼を誤魔化すことはできないか。

だとすればツンデレドラゴンとか呼んでいるのもわかるのだろうか？

ヤバいな、世界に破滅を招いてしまったかもしれない。

「貴様、今まで気にしないでいてやったが、不遜《ふそん》なことを考えているな？」

「いや反省してます」

こういう時は、素直に謝っておくのが一番良いのだ。

「ふん、貴様くらいだ、竜種をそのように扱《あつか》う愚《おろ》か者は」

許してもらえたようで何より。

「それにしても鈍ってるかあ……」

仕方がないことなのだが、細かく言われたのが少しショックだった。

魔力の質が下がるってことは、魔術師としては致命《ちめい》的な気がする。

「では久々に我とやり合うか？　弛《ゆる》んだ身体に喝《かつ》を、心に熱を入れてやろう」

「正直疲れてるんだけど……」

「怖いなら回れ右して引き返せ。一度認めた人間だ、慈悲《じひ》くらいはくれてやろう」

だが、とオニクスは言葉を続けた。

「知っているぞ、我の竜眼は騙《だま》されん。貴様の心はとっくに熱を帯びている」

「……熱か」

アバウトな言い方だが、死闘《しとう》を繰《く》り広げた時に楽しいと思う感情である。

オニクスは俺と戦った時とても楽しかったらしく、こうして会いに行く度に、俺は一戦要求されているのだった。

アリシアを連れてきた時に近くに来ていたのも、それが理由である。

何かと理由をこじつけて断っていたのだが、今回はオニクスにお願いをしに来た立場なので断れそうもない。

「再び実力を証明して見せろ。そうすれば貴様の質問に一つだけ応《こた》えてやる」

「わかったよ」

そうやってしぶしぶ了承《りょうしょう》した振《ふ》りをしているが、オニクスの言葉は事実だった。

断っていたが、オニクスとの闘《たたか》いは確かに楽しかったのである。

オニクスと対峙《たいじ》して、死闘を繰り広げて、認められた。

その時、全身の隅々《すみずみ》にまで血管を通して熱い物が突《つ》き抜《ぬ》け、何かが滾《たぎ》る。

だからこそ王都が生ぬるいと思ってしまうんだ。

「ひょっとして友達ができない理由ってこれ？」

平穏も悪くないし楽しいけど、生ぬるいと思ってしまう程に闘争《とうそう》を求めている。

「竜と対等に戦った人間に普通の友とやらができるはずがなかろう」

人を殺すことに何のためらいも無く、竜と対峙しても生きている。

自分で言ってて悲しくなるが、それを人はバケモノと呼ぶ。

しかし平穏の中で鈍って普通になってしまうのは少し怖かった。

研ぎ澄《す》ませた感覚が鈍って、指先から腐《くさ》り落ちて、大切な人を守れなくなる。

「まあ良いか、守るって誓ったんだし」

細かいことをうだうだ考えたところで意味はない。

そう心に決めてオニキスの方を向く。

「誇《ほこ》りに思え、竜と二度も牙《きば》を交える人間など数百年ほど見ていない」

「数百年なんだ？　まだ誰もいないとかなら格好良かったのに」

「ふん、我からすれば貴様なんぞ生まれたばかりの赤子同然である」

相変わらず手厳しい。

「ではどこからでも掛かってくるが良い。竜に挑《いど》みし愚かな人間よ」

そう言ってオニクスは笑いながら翼を広げた。

どっちかって言うとそっちから仕《し》掛《か》けて来てるのだが、怒《おこ》られそうなので言わないでおく。

「目の前の戦いに集中しろ、殺すぞ」

「はいはい」

改めてオニクスを見《み》据《す》えると、巨大な翼をはためかせるだけで戦術級の魔術師が用いる風魔術《まじゅつ》以上の力を秘めているのがわかった。

竜ってすごいな、たったそれだけの動きですら人間の魔術師を超《こ》えている。

身体は強大な魔力の塊《かたまり》で、底は一切見えなくて、鱗《うろこ》からにじみ出る魔力自体が俺の障壁のような役割を果たしている。

生まれながらの強者、遥《はる》か高みの上位生物を前にして、鼓動《こどう》が高鳴り、全身の血が熱く滾って全身を駆《か》け巡《めぐ》る感覚がした。わかりやすく言うなら、オラわくわくすっぞ、みたいなね。

「こんな存在を従えた御伽噺《おとぎばなし》の勇者って、いったいどんな奴だったんだろうな？」

オニクス、どうせ知ってるんだろ？

「引き分けではなく倒せたら教えてやる。鈍った貴様には無理だがな」

「今はそうかもね！　残念だけど！」

ぶっちゃけこいつ人間のことを見下すけどさ、意外と好きなんじゃないかって思ってる。

そうじゃなかったら俺なんかとっくに死んでるんだからやっぱりツンデレだよ、絶対。

「グォォォォォォオオオオオオオ！」

始まりの合図は、ユーダイナ山脈を揺らすオニクスの咆哮《ほうこう》。

俺は剣《けん》を抜いて駆け出した。


その後の戦いは普通に俺が負けてしまったので割愛《かつあい》する。

戦闘《せんとう》時間はほんの一時間程度なのだが、俺の魔力はギリギリまで消耗《しょうもう》させられていた。

竜の炎《ほのお》で焼け焦《こ》げた岩肌に仰向《あおむ》けになって息を吐《は》く。

「はぁ、はぁ……死ぬかと思った……」

「竜を前にして一時間、ふん、誇るが良い下等な人間よ」

「これを誇れと言われてもなあ……？」

五体満足で生き残れただけでもまだマシか。

いつかは勝ちたいと思いながらもたどり着けない境地であり、敗北感は心地《ここち》の良いスパイス。

王都に居て閉塞感《へいそくかん》に苛《さいな》まれていた俺の世界が、より一層広くなった気がした。

「では聞きたいことがあったのだろう、簡潔に話せ」

「良いの？　俺、負けたけど」

「一時間も貴様に粘《ねば》られた、これを勝利とするのは我のプライドが許さない」

「じゃあ、俺の勝ちってこと？」

「今すぐ食い殺してやろうか、引き分けだ。貴様の刃《やいば》は我の鱗にすら届いていない」

ほら、やっぱり優しいよこのドラゴン。やさドラだ。

学園にいる貴族たちよりも人間味があるように俺は思えていた。

悠久《ゆうきゅう》の時を生きているだけあって、その懐《ふところ》すらも下等な人間より深いのである。

「早くしろ、時間は有限だ」

「はいはい、聞きたいことか……何だっけな……久々に死ぬ気で戦ったから忘れたわ」

とにかくオニクスに一矢《いっし》報いること、あわよくば殺すこと。

そんなことばかり考えて戦っていたから、他のことが頭からすっ飛んでいた。

良い意味で言えば、悩《なや》んでいたことがスッキリしたと言える。

悪い意味で言えば、全て投げ出してるってことだ。

「そうだ、女の子が求めるロマンチックなキスってどんなシチュエーションだろう?」

「……自分で考えろ」

「そこをなんとか」

「我からすれば人の時間は極僅《わず》か。繁殖行為《はんしょくこうい》なんぞ、年端《としは》も行かぬ内からするだろう」

ん……? なんだか馬鹿《ばか》にされた気がするのだが、俺の気のせいか?

言葉をわかりやすく要約すれば、お前くらいの歳《とし》になれば誰だってしてるもんだ。

そう言ってる気がして、少し殺意が芽生えてきた。

「よし、オニクス殺す」

「ほう、もう一戦やるか? 魔力が枯渇《こかつ》した状態の貴様は撫でれば容易《たやす》く裂《さ》ける」

「やっぱ無しで」

竜にとってくだらない質問をしてしまったせいで、次は普通に殺されそうな気がした。

「これ以上くだらない言葉を並べるならば、我は去るぞ」

「ごめんごめん、真剣に悩んでることなんだけど、友達ってどうやったらできる?」

次にふと思ったことは、どうやったら友達ができるのか。

セバスにも言われたよな、同性の友達を作るべきだって。

「回答してやろう、貴様には無理だ」

「はいはい真面目《まじめ》に質問するよ……ってわざわざハッキリ答えなくても良くない？」

イライラしながら受け流すと思っていたのだが、彼から出た言葉は想像以上に鋭《するど》かった。

「我を前に慄《おのの》かず、嬉々《きき》として剣を振るい、灼熱《しゃくねつ》の業火も耐《た》え、尾《お》の一撃《いちげき》すら受けきる」

「そんな人間に同世代の友達なんてできっこないってことか」

「人間、何処にいる？」

キョロキョロと周りを見るオニクス。このドラゴンうぜえ。うざドラ。

「一万歩譲《ゆず》って人間の物差しで言うなれば、貴様は化け物だ。諦めろ」

「さすがに酷過ぎる」

「それは我のセリフだ。次もくだらない内容であれば、もう聞かんぞ」

「ごめんって」

謝りつつ本題に入る。

「本題だけどオニクス、俺がいない間に山脈で変わったことは無かったか？」

「無い。貴様との約束は守っている。人間と違って竜は義理《ぎり》堅《がた》いのだ」

しかし、とオニクスは言葉を続けた。

「あくまでブレイブ領に厄介《やっかい》なものが行かないようにする程度。我を謀《はか》った国は知らん」

「めんどくさいのは隣国側に追い払《はら》ってるのか」

ユーダイナ山脈に来たのは隣国に騙されたからって、やっぱり人間好きだよな。

人間は下等と言いつつ、何度聞いても溢《あふ》れ出んばかりの好意を隠《かく》しきれてなかった。

「ちなみにオニクスってグリフォンって食べるの？」

「我がいない場所で勝手に空の覇者《はしや》を名乗る臭くて筋張ったくず肉共は好かん」

グリフォンって臭くて筋張ってるんだ。

「領地で出たとでも言うのか？」

「一昨日《おととい》馬車に乗っていたら襲われた。でも町では誰も見てないらしくてね」

それで山脈の様子を聞きに来たと告げると、オニクスは唸《うな》り声をあげていた。

「グォォォ、我が信用ならんと言うことか？」

「そんなことは無い。オニクスが問題ないと言えばそれで良い」

遥か上位の存在で、律儀に俺との約束を守ってくれているオニクスが言っているのだ。

その言葉は、まさしくその辺の人間よりも信頼《しんらい》に値する。

「これで色々と絞《しぼ》れたからね。相変わらず謎《なぞ》は残ってるけど」

「貴様の考えを話してみろ」

「ブレイブ側のグリフォンじゃなければ、誰かが道端にグリフィンを連れてきた」

はぐれグリフォンじゃなければ、それしかない。

無からグリフォンが湧《わ》いて出ることなんて、それこそ有り得ないのだった。

ただ一つ問題がある。

「誰にもバレず騒がれずあの場所にグリフォンを連れて来る方法がわからん」

「そんなこともわからんのか？」

頭を捻《ひね》らせて考えているとオニクスが溜息《ためいき》を吐《つ》きながら小言を言っていた。

「探偵《たんてい》じゃないし、戦闘以外はからっきしなのがブレイブ家だよ？」

捕獲して連れて来ることを誰にも見られずに行うことは不可能。

頑丈《がんじょう》な鎖で繋いで、よく訓練された馬や何人もの人手を使って運ぶ必要がある。

「それこそ魔物を洗脳して操るレベルじゃないと、こっそりなんて話にならんでしょ」

「なんだ、すでに答えは出ているではないか」

勝ち誇ったようにオニクスは自分の知識を俺に披露《ひろう》する。

「昔から人は、耳元で囁《ささや》かれ誑《たぶら》かされてきた歴史を持つくせに、わからんのか」

「あ、なるほど悪魔《あくま》か」

そう考えるとなんだかんだ全てが上手《うま》くつながったような気がした。

「オニクス、悪魔って魔物を誑かすことができるもんなの？」

「我らと同じように、奴らの言葉は意識に直接届き得るものだ」

オニクスと俺が意思疎通《そつう》できているのは、竜が人語を操れるからではない。

最初から言葉の壁《かべ》なんて存在しないからなのだった。

確かに竜がわざわざ人間の言葉なんて使うはずもなく、すごく腑《ふ》に落ちた。

「王都から戻って来た貴様には、知らん悪魔の匂《にお》いを感じる。関わったのか？」

「関わったと言うか、悪魔憑《つ》きから宣戦布告されたね。アリシアを狙ってるってさ」

「あの女は悪魔に狙われているのか、誓いが守れるのか見ものだな」

「守るさ」

食い気味に言葉を返すとオニクスは満足そうな顔で言う。

「そうか、ならば守ってみせよ。なんなら倒し方を教えてやろうか」

「いや、それは今日は良いや」

竜から学ぶ悪魔の倒し方も良いが、もう魔力がスッカラカンなので普通に死ぬ。

オニクスに余計な借りを作ってしまうのも良くない。

その気はなくても借りを返せと領地や学園に来られたらたまったもんじゃないからな。

あくまで対等でいなければ、食われるのは俺の方だ。

オニクスに言えば、そんな奴らと一緒にするなと怒られるだろうが、ある意味竜は悪魔と近しい存在なのかもしれない。

「じゃ、夕飯に間に合わないからそろそろ帰るよ」

「そうか、最近は食ってばかりで暇だ。いつでも相手になってやる」

「えっと、しばらく贅沢《ぜいたく》な暮らしをしておいて」

間違えても暇だから来ちゃった、なんてことにはなって欲しくない。

第４章　吊《つ》り橋効果目的で悪魔《あくま》召喚《しょうかん》をしてはいけない

「坊《ぼ》っちゃん、朝からとても眠《ねむ》そうですな」

朝から執務室《しつむしつ》でぼーっとしていると、入って来たセバスがそんなことを言っていた。

「当たり前だろ……どんだけ遠いと思ってんだ、山脈奥地《おくち》が……」

夕食に間に合わせるべく大急ぎで帰ったわけだが、合計往復十二時間の全力疾走《しっそう》。

帰り道は魔力《まりょく》もスッカラカンでなんかもう命を消費して帰宅してる思いだった。

「それでも今日が休みってわけじゃないんだろ？　あるんだろ、仕事」

「当然ですな」

どれだけ疲労困憊《ひろうこんぱい》の状態でも仕事はしなければならないのが人手不足のブレイブ家。

「それに俺《おれ》だけ休んでもいられない」

そう呟《つぶや》きながら、俺は窓の外、ブレイブ家の裏庭へと目を移す。

「マリアナ！　土属性魔術《まじゅつ》を使って土壌《どじょう》改善したらよく育つんじゃないかしら？」

「ナイスアイデアです！　確かそのような文献《ぶんけん》を読んだことがあります！」

朝日の下、ジャージ姿で土を耕すアリシアとマリアナがいた。

「美味《おい》しく元気な野菜が育てば、ブレイブ領の産業にもなるんじゃない？」

「来る途中《とちゅう》に広い草原を見ましたから、確かに一大産地になりそうですね」

二人で元気にはしゃぎながら、俺よりも領主っぽいことをしている。

なんだかここから別の物語が始まりそうな予感がした。

「俺だけ休んだら使用人たちから色々言われてしまう！」

「当然言いますな」

「言うなよ、労《ねぎら》えよ、もっと俺を大事に扱《あつか》えよ、大切にしろ」

「ほっほ」

俺の心の叫《さけ》びは毎回セバスのほっほで流されてしまう。いつか殺してやりたい。

「坊っちゃん、眠気覚《ねむけざ》ましのコーヒーです」

「ありがとう」

文句を言っても仕事が減ることは無いので、コーヒーを飲んで気合いを入れる。

ブレイブ家に伝わるえぐめのコーヒー。

飲めばえぐさが口の中にぐわぁっと広がり、背筋を強制的にピーンと伸《の》ばすのだ。

「ふう、生き返った生き返った」

両頬《ほほ》を叩《たた》いて気合を入れる。

「じゃ、とりあえず昨日の報告だけど、オニクスはしっかり約束を果たしてたよ」

「さすがは誇《ほこ》り高き竜種《りゅう》ですな」

「その時にオニクスが言ってたんだが、魔物《まもの》も悪魔の甘言《かんげん》に誑《たぶら》かされる」

「それはそうですな」

うんうんと頷《うなず》くセバスは、この情報を知っていたような素振《そぶ》りである。

「なんだぁ？　知ってたなら何でこんな回りくどいことを……」

「いやはや、坊っちゃんに必要かと思いましたので」

必要なことか、俺が鈍《にぶ》ってることはセバスもお見通しだったらしい。

「まあね、オニクスにも鈍ったなって言われたよ」

「夏季休暇《きゆうか》に帰省した者は感覚を鈍らせて帰ってきますから、仕方ありません」

王都で平穏《へいおん》の日々と青春を過ごしたブレイブ家の子供たちは絶対鈍るそうだ。

毎年、セバスもしくは父親がボコボコにして引き締《し》める役割を務めていたそうだが、人手不足かつ客人がいて派手に訓練ができないとの理由でオニクスに任せたのである。

「坊っちゃんは障壁《しょうへき》持ちで、ボコボコにするのは骨が折れますからなぁ」

「ボコボコって……」

その言葉選びはどうにかならないのだろうか。

「ストレスを適度に発散させておきませんと、とんでもないことになります故」

「とんでもないこととは？」

「心のどこかで我慢《がまん》していることが、表に出てしまうでしょう」

「まさか、キス魔《ま》になってしまうとか？」

セバスの意味深な言葉。俺に心当たりがあるとすればアリシアとのキスくらいだ。

「ほう、それが今坊っちゃんの我慢していることなんですか」

「いや別に我慢してるとかじゃないよ、断じて」

最高のシチュエーションでするんだから、時期を待っているに過ぎない。

「それにどっちかって言うと守ってる側、凶悪なキスの悪魔から」

「凶悪なキスの悪魔ですか。話を戻しますが、そのキスの悪魔があのグリフォンを？」

脱線《だっせん》したかに思えた話だが、セバスの察しが良過ぎて奇跡《きせき》的に元に戻《もど》る。

「うん、入学前にイグナイト家の刺客《しかく》がブレイブ領に来ただろ？」

「あの不届き者たちですな」

「前々《まえまえ》から警戒《けいかい》していたイグナイト家なんだけど、少し前ついに尻尾《しっぽ》を掴《つか》んだんだ」

いや、掴ませに来たと言っても良いか。

「実習の時にダンジョンで悪魔憑《つ》きと戦ったんだが、イグナイト家の息子《むすこ》だった」

「ほう、イグナイト家の御《ご》子息が悪魔憑きですか」

「それも戦争に使われるレベルとは比べ物にならない、まさに魔人《まじん》って感じ」

首を刎《は》ねても死なず、何なら作り出した人型の悪魔を遠隔《えんかく》で操っていた。

もはや本人が実は悪魔なのでは、と思ってしまう程。

「確かにそこまで同化が進んでいるのならば、グリフォン程度は容易《たやす》いでしょう」

険しい表情でセバスは言葉を続ける。

「息子が悪魔をその身に宿すとは、イグナイト家も落ちた物ですな……」

「ブレイブ家の方が悪魔以上のことをしてる気もするけどな」

「ほっほ、何をおっしゃいますか、ブレイブ家の教育は愛ゆえにですよ」

「愛ゆえにか、いつもありがとうね」

たまに殺したいくらい憎《にく》たらしいけど、セバスの気持ちは伝わってるよ。

「坊っちゃん、誰《だれ》かに頼《たよ》って手に入れた力なんて待ち受けているのは破滅《はめつ》ですよ」

「肝《きも》に銘《めい》じておくよ」

過去に何かあったのだろうか、セバスはどこか遠い眼《め》をしてそう語っていた。

「して、グリフォンの件はこれで終了《しゅうりょう》と言うことでよろしいですか？」

「いやブレイブ領まで追ってくるんだから、今後も何かあると思うよ」

パトリシアは責任を取らせると言っていたので、これはある意味警告だ。

わざわざ宣戦布告して来て、何もないことなんてありえない。

「この先、何もなかったら相手がバカなだけ」

でもそうなると、暗部の魔術師《まじゅつし》とやらがよくわからないんだよなあ。

「なあセバス、悪魔以外にも暗部の魔術師が襲《おそ》ってきたんだが……」

「それはそれは、大それた名前の集団ですな？　で、どうでしたか？」

「雑魚《ざこ》だった、すごく雑魚だった」

入学前に襲って来た魔虫の魔術師の方が強いと思えるレベル。

愚痴《ぐち》がてらセバスに話す。

「ってか休日の昼間から教師の格好をして襲ってくるのって正直どう思う？」

「暇《ひま》だったんじゃないでしょうか？　王都内部は平和ですし」

セバス的にもただの暇人《ひまじん》扱いだった。哀《あわ》れ暗部の魔術師。

どう考えても使えない連中だから俺にぶつけて処分したかったとしか思えなかった。

「では坊っちゃん、暇人の話から戻りますが夏季休暇中は警戒を強めますか？」

「うーん、ただ警戒して待ってるだけってのもなぁ」

警戒を強めたところで、敵がいつ来るかもわからない状況《じょうきょう》は不利だ。

「慢性《まんせい》的な人手不足に陥《おちい》ってるウチで、それは悪手になりかねないよ」

「そうですな、これ以上タスクが増えるのであれば人を雇《やと》わねばなりません」

俺の言葉に返答しながらも領地関係の書類をチェックし続けるセバス。

見ろ、真剣《しんけん》な話をしている今も俺たちは書類仕事を進めている。

ここに敵の警戒をするための時間を増やすとなれば、過労死確定だ。

「人を雇わないとって言われても急には難しいだろ」

ブレイブ家で雇っているのは行き先が無くなってしまった訳アリばかりで、そんな人材が降って湧《わ》いてくることなんてありえないのである。

ならば領民から雇用《こよう》すれば良いじゃないかと思うだろうが、逆にブレイブ家を知っている者はブレイブ家で働こうなんて思わないのだ。だって、致死率《ちしりつ》高いからね！

そんな場所にどうしてバカンスに来てるんだと言われてしまえば何も言い返せないのだが、バカンスが楽しめるように鍛《きた》える予定なので良しとしておこう。

アリシアもマリアナも強くなれる素質は持っているのだ、とそこまで考えてそこで思いつく。

「そうだ、まず相手の狙《ねら》いはアリシアで確定だろ？」

宣戦布告までして来たんだ、今更《いまさら》狙いを他に変えることなんてないだろうし、さらにはグリフォン強襲《きょうしゅう》で悪魔の力に頼るしかないこともわかっている状況だ。

「敵の戦力と勝利条件が透《す》けてるから、要所を抑《おさ》えるだけで良い気がして来た」

「要所ですか、つまりはピンポイントでの迎撃《げいげき》能力強化と言うことですかな？」

「そう言うこと」

元々、二人にはこの夏に無詠唱《えいしょう》魔術を覚えてもらう予定だったのだが、そこに追加で悪魔対策もやっておけば良いのではないか、と言う形である。

「せっかくブレイブ領に来たのに、家に引きこもりっぱなしにするのはよくないよな」

「その結果、バカンスではなく訓練と言うのもいかがなものかと思いますが」

「仕方ないじゃん！　ブレイブ領の良さって山脈の大自然なんだから！」

アリシアもそれが好きだと帰りの馬車の中で言っていた。

「でも山脈を楽しむには強さがいるんだよ……」

「切実な思いですな、坊っちゃん青春ですよそれが」

これが青春か。苦しいな、青春って。

「あと、訓練については事前に承諾《しょうだく》は得てるよ」

「それは本当ですかな？」

「二人とも今年の夏はダンジョンでブレイブ式ブートキャンプするのを楽しみにしてるからね」

「それは本当ですかな？」

「本当だよ……なんだよしつこいな、そんなに俺が信用ならないのか？」

疑いの目を向けて来るので睨《にら》み返すと、セバスはやれやれといった様子で言葉を返す。

「まあ、お二方が楽しみにしているのならば良いでしょう」

「なんか含《ふく》みがあるな？」

「前の坊っちゃんなら、誰であっても弱い奴《やつ》が悪いと切り捨ててしまうことが考えられましたが、今の坊っちゃんは平気そうですからね。いやはや学園に入学した甲斐《かい》がありましたな」

「なんだよそれ」

まるでブレイブ家が学園に行く理由が、人としての道徳観を得るためみたいじゃないか。

反論しようと思ったが、今までの行動を鑑《かんが》みるとわからないでもなかった。

アリシアに厳しく言われていなかったら、たぶんとんでもない事態になっていた気がする。

「でだセバス、ダンジョンで無詠唱魔術の訓練をして基礎《きそ》力《りょく》を向上させるのは問題ないと思ってるんだが、肝心《かんじん》の悪魔に対抗《たいこう》する手段が思いつかないんだよ」

悪魔への対処は心を強く持つことだが、悪魔憑きを相手にするのが問題だった。

しかも今までの悪魔憑きと比べて、首を斬《き》り落としても死なず遠隔で襲ってきて、なおかつ普通《ふつう》に学園生活を謳歌《おうか》しているジェラシスは、どっからどう見ても次元が違《ちが》う。

「不死身に近い相手を倒《たお》すにはどうすれば良い？」

元の悪魔を祓《はら》うか憑依《ひょうい》された人間を殺すか、そのどちらかだとは考えていたのだが、限りなく悪魔に近い状態にまで陥ってしまった者に果たして通用するのかどうか。

「正直わからん、こればっかりは知識不足だ」

お手上げだとばかりに手を上げるとセバスがとんでもないことを口にする。

「ならば、一度悪魔を召喚してみるのはいかがでしょう？」

「えっ」

どこか遠い眼をして悪魔に頼った者の末路を語っていたセバスはどこに行ったんだ。

俺のそんな気持ちは露《つゆ》知らず、セバスはあっけらかんとした態度で言う。

「悪魔を倒すには、まず悪魔を知らなければなりませんからね」

「一応禁忌《きんき》だけど、良《い》いのか？」

「ここはブレイブ領、悪魔が出たっておかしくないですぞ」

ブレイブ領なら何でもありみたいなテンションだが、まあそうか。

山脈には竜だって住んでいるのだし、悪魔が出たっておかしくない気がする。

って言うか悪魔が出たところで誰も気にしない気もしてきた。

「それに罰則《ばっそく》もありませんし」

「禁忌なのに罰則もないんだ……？」

セバスが言うには、罰則を設けたとしても意味がないそうだ。

何故《なぜ》かと言うと、人を呪《のろ》わば穴二つ、罪を償《つぐな》う前に悪魔を召喚した人も死ぬからである。

なので禁忌として決して人目につかないように法律からも存在を消してしまったらしい。

「ならやってみるか」

悪魔憑きとは戦ったことはあるが、悪魔そのものとはまだ戦ったことがない。

戦争で大事なことは情報。

これは個々《ここ》の戦いでも同じことで、歴戦の兵士や冒険者《ぼうけんしゃ》が強い理由はその蓄積《ちくせき》を持つからだ。

「セバス、準備できるか？」

「お安い御用《ごよう》でございます。地下室にそれ用の部屋がございますので」

「え、悪魔召喚用の？　衝撃《しょうげき》の事実なんだが？」

禁忌の準備をお安い御用と言いつつ専用の部屋があったとは予想外だった。

ブレイブ家って俺が知らない事実もまだたくさんありそうな気がする。

正直、物語の設定的にすべてのしわ寄せを請《う》け負った破滅前提の領地だと思っていた。

そんな虐《しいた》げられた歴史の中で戦いのためだけに最適化された家柄《いえがら》なのだと。

「坊っちゃん、悪魔召喚にはお二方も同席させますか？」

「うーん、それに関してはどうしようか考えてる」

悪魔召喚は、俺でも対処ができるかどうか怪《あや》しい程の危険な行為《こうい》である。

ダンジョンとは違って事前に承諾も取ってない中で、いきなり禁忌と呼ばれる行為に加担させるのはさすがにどうかと思った。

「普通だったら嫌悪感《けんおかん》を抱《いだ》くもんだよなあ」

「安心してください坊っちゃん。普通ならブレイブ領には来ませんので」

えらく説得力のある言葉である。

「セバス、自分で言ってて悲しくならないか？」

「今更でございますよ。むしろそこが誇らしいとすら思っておりますので」

そんなもんか。確かに息苦しい王都に比べれば、ブレイブ領は遥《はる》かに澄《す》み渡《わた》っている。

しがらみなんて何もない、必要なのは自分の足で大地に立つことくらいなんだ。

「坊っちゃん、アリシア様は確実に対策しておかないといけませんよ」

「そうなんだよなあ」

狙われているアリシアは、確実に悪魔対策をしなければならない。

だったら彼女《かのじょ》の親友であるマリアナも、と言った形で結局全員参加する形になる。

「ちなみに山脈のダンジョンとどっちが危険だと思う？」

「山脈ですな。悪魔召喚は供物《くもつ》が少なければ下級悪魔しか寄ってきませんので」

「なるほど、だったらまだ俺でも守れるか……いや待て」

いったん踏《ふ》み止《とど》まる。

「悩《なや》んでますなあ、坊っちゃん」

「当たり前だ。ほぼ庭みたいな山脈と違うし、知識を蓄積する段階だからな」

マリアナは元主人公でアリシアは元悪役だ。

そんな二人が揃《そろ》ったダンジョン実習で、いったい何が起こったかを思い出せ。

転移罠《わな》が起動して、ダンジョン最深部に直行したんだ。

そしてアリシアと悪魔は相性《あいしょう》が悪い。

ゲームの中でブレイブ領に送られたアリシアは、悪魔に魂《たましい》を売って学園に戻って来た。

ブレイブ領すら消滅《しょうめつ》し得る破滅の要因なので、慎重《しんちょう》にならないといけないのである。

「吊り橋効果と言うものをご存じですかな、坊っちゃん」

考え込《こ》んでいると、セバスが急に話題を変えた。

「なんだよいきなり」

「いやはや長年ブレイブ家に仕える身としては、いささか不安を覚えると言いますか」

「いやマジで急になに？」

困惑《こんわく》するのだが、そんなことは関係なしにセバスは話す。

「坊っちゃんとアリシア様の御関係が学園に送り出す前と後であまり変わっていない状況に」

「……だいぶ進んでると思うが」

学園内で一緒《いっしょ》に過ごすことは少ないが、炊事洗濯掃除《すいじせんたくそうじ》は二人で一緒にやってるし、夜ご飯も二人で一緒に食べてるし、休日だって一緒にお出かけするし、ブレイブ領に居た頃《ころ》と比べて大きな進歩であると言える。

「失礼します。追加の書類をお持ちしました」

「アリシアとはデートで手だって繋《つな》いだぞ、すごい進歩だろ」

話し込んでいるところで、タイミング悪く女の使用人が執務室に入って来た。

あいつはほぼアリシア信者だから少し不味《まず》いところを聞かれたのかもしれない。

「……ぷっ、それがすごい進歩？」

変な空気の中、女の使用人はそう呟いて笑いを堪《こら》えながら書類を置いて執務室を後にする。

「………おいセバス、あいつを今すぐクビにしろ」

「ブレイブ家は深刻な人手不足です」

「おいなんなんだよあいつ、ちょっと俺の扱い雑じゃないか？」

ガンガンガンガンッ！

「机に頭を叩きつけても状況は変わりませんよ。そろそろその癖《くせ》も治しましょう」

「悪魔対策はままならないし、アリシアとの関係も急かされるし、ちくしょうめ」

がっくりしているとセバスが宥《なだ》めてくれる。

「手を出すなと言われるよりも良いじゃないですか、みんな進展を望んでいるのですよ」

「そっちだったらガチでクビだと思うが？」

人手不足が解消されたら最初にクビにしてやる、そう心に決めた。

だが、多分そんな日は絶対来ないんだろうな。

アリシアがブレイブ家に来てから、使用人たちはみんな技術力が向上したみたいだし。

「しかし、帰って来てから二人きりになってるところを見たことが無いのも事実ですな」

「そんな時間、そもそもなかっただろ」

帰って来てすぐに仕事が始まって、その後オニクスの元にまで向かわされたんだ。

逆に言えば、セバスのせいで二人の時間が取れていないと言える。

「ではこの後、二人で話す時間を設けましょうか」

「いやそれはいきなり過ぎる気がするよ」

急に呼び出して二人の時間を作られても、なんか気まずさが勝っちゃう気がした。

「それに周りにお前らとかいて人目があるしさあ、マリアナだって一緒に来てるからさあ、さすがに王都で過ごしてるような空気感じゃいられないだろ？」

「ブレイブ家にあるまじきヘタレでございますね」

「ブレイブ家ってどっちかって言うとこっち方面はヘタレ気味だろ」

受け継《つ》いで来た技術は戦闘《せんとう》に関する物ばかりだ。

道徳心を学ぶのが学園に入学してからって言う極めて特殊《とくしゅ》な家系である。

「それに俺とアリシアは清らかなお付き合いと言うか、愛を語らうのはまだ早いというか」

「愛以外には、何か語らったことはございますかな」

「……」

そう聞かれると無いとしか言いようがなかった。

黙《だま》った俺の姿を見てセバスは告げる。

「王都ではアリシア様が引っ張ってくれていたことが簡単に想像できますな」

「うぐ……」

「恐《おそ》らく手をつないだと言うのもアリシア様主体なのでしょう」

「もう良いだろ、悪魔召喚についてもっと深く詳細《しょうさい》に考えないと」

「ここはブレイブ領、坊っちゃんのホームでございます」

セバスは止まらない。

何がどうしてこんな話をしているのか、俺には全く分からなかった。

「坊っちゃんからアプローチしませんと、マリアナ様に取られてしまいますぞ？」

「いやぁそれはさすがに……」

と、思ったのだが最近の二人の様子は明らかに親友の域を超《こ》えている気がした。

マリアナがとにかく懐《なつ》いていて、アリシアもすごく可愛《かわい》がっている。

しばらくアリシアの膝《ひざ》の上を許していたが、もはや俺が許しを請《こ》う立場なのかもしれない。

「じゃあ、どうすれば良いんだセバス、アドバイスを求む」

「そこで吊り橋効果でございます」

「だからそれはなんなんだ？　一緒に橋を渡れば良いのか？」

ブレイブ領にそんなものはないから、吊り橋をどこかに作るしかない。

でも魔物がうようよいる山脈に吊り橋を作るのは不可能だ。

「もし吊り橋を作っても魔物ですぐに無くなるぞ！　はっ、駆逐《くちく》すれば良いのか！」

「落ち着きましょう坊っちゃん、話が逸《そ》れています」

「もう脱線し過ぎてて元来た道がわかんねぇよ」

こうなったら行きつくところまで行ってやろう、そんなスタンスである。

「いいえ坊っちゃん、全《すべ》ては繋がっているのです」

そう言ってセバスは吊り橋効果の説明を始めた。

吊り橋効果とは、恐怖《きょうふ》や不安で心拍《しんぱく》が高くなっている時に、出会った異性に対してドキドキの原因は相手へのまさか恋心《こいごころ》なんじゃないかと勘違《かんちが》いしてしまうことを言うのだそうだ。

「悪魔召喚は禁忌と呼ばれる行為、つまりドキドキしてしまいますな？」

「ダンジョンもじゃないの？」

「初めてと言うのが何事も良いのですよ。そう、慣れてないことこそが重要なのです」

「まあ確かに、初見だとドキドキするかもなあ」

なんだか謎《なぞ》に説得力があった。

「坊っちゃんも最初にアリシア様を山脈に連れて行きましたな？　そこで関係性に大きな進展があったはずですが、いかがですかな？」

「確かに……まさか、あの時に吊り橋効果が？」

ぼーっとしていたアリシアが、山脈に行ってオニクスと会って気絶した後に元気になった。

魔虫に取り憑かれていたとは言え、あそこまで元気になることはない。

「さすがですな坊っちゃん。ブレイブ家の中でも書類仕事も出来て、さらにその歳《とし》で同年代の女性へのアプローチまで知らず知らずの内にこなしてしまうとは」

「そ、そうかな？　何も考えてなかったけど、やっぱそうか？」

成功体験があったと言うことは、吊り橋効果はアリシアに通用する。

「ドキドキ悪魔召喚でアリシア様との距離《きょり》をグッと縮めよう作戦……いかがですかな？」

「さすがだセバス。悪魔対策もしつつ、アリシアともっと仲良くなれるって寸法か」

「我ながら妙案《みょうあん》かと思えます。恋《こい》は戦争と言います故」

「その案、乗った」

悪魔召喚に二人を参加させることを渋《しぶ》っていた俺だが、気が付けば乗り気になっていた。

「ではさっそく準備を進めますので、私はここで一旦《いったん》失礼します」

「え、いやもうちょっと慎重に考えた方が……って、もういねぇ」

しかし、一旦冷静になった頃にはもうセバスはこの場から消えていた。

いつの間にか書類は片付いており、机の上には俺の分が山になって残っている。

「……まんまと乗せられた、あいつの方が悪魔だよな？」

うだうだ考え込んでいる内に、悪魔召喚に二人を呼ぶことが決定していた。

しかし仕事が山積みで忙《いそが》しいのは事実なので、早く予定を組みたかったのだろう。

「それにしても……恋は戦争か」

戦争はブレイブ家の得意分野だ、頑張《がんば》ってアリシアともっと仲良くなるぞ。

◆◆◆

「もう準備できたのか？」

「元々必要な物は揃っていましたから、後は適当な供物を仕入れるだけですので」

さっそく翌日、セバスに呼ばれ昼間から地下室にやって来ていた。

「相変わらず仕事が早いね」

「アリシア様を狙う敵が、悠長《ゆうちょう》に待ってくれるとは思いませんので」

「確かにこういうのは早ければ早いほど良いもんな」

いつ来るかわからない敵に対しては、いつ来ても良いようにするのが一番良いのだ。

戦争だったら食糧《しょくりょう》とか士気とかどんどん落ちていくけど、人数が少ないのでそれはない。

ついでに敵が来るかどうかも教えてないから恐怖で精神が擦《す》り減ることもない。

「坊っちゃん、こちらです」

「地下《ちか》倉庫の奥《おく》って隠《かく》し扉《とびら》になってたんだな、初めて知った」

悪魔召喚に使う地下室への扉は巧妙《こうみょう》に偽装《ぎそう》されていて、今日まで俺も存在を知らなかった。

中へ入ると、強化された石材で作られており数十人が中に入っても十分過ぎる広さである。

「ここが代々《だいだい》伝わる禁忌の部屋……と言うのは冗談《じょうだん》で攻《せ》め込まれた際の避難所《ひなんしょ》ですね」

「なるほどシェルターか」

昔のブレイブ領は今ほど人もいない村に近い場所だったらしく、魔物が出た際に住民が避難《ひなん》する場所として利用されていたそうだ。

有事の際に使えるよう、セバスが定期的に綺麗《きれい》にしているとのこと。

「かなり丈夫《じょうぶ》に作られておりますので、多少悪魔相手に無理をしても大丈夫《だいじょうぶ》です」

「パッと見た感じ、学園の壁《かべ》より強いな」

「あんなものと比べてはいけませんよ。ブレイブ家のドアの方がまだ強いです」

学園の建築物は生徒の安全を守るべく税金を使ってかなり頑丈《がんじょう》に作ってあるんだけどなあ。

魔物の襲撃《しゅうげき》が絶対にないので、そう言った技術も失われてしまったのだろうか。

それから少ししてアリシアとマリアナが地下室へと合流する。

「いきなり地下室に呼ばれて何かと思えば、悪魔召喚ですって……？」

アリシアは地下室に描《えが》かれた物騒《ぶっそう》な魔法陣《まほうじん》を見ながら困惑していた。

禁忌として扱われているから当然の反応である。

「ひ、非常に興味深いのですが良いんですか？」

隣《となり》のマリアナは、ビビりつつも鼻息荒《あら》くメガネをクイクイと動かしていた。

これは興味津々《きょうみしんしん》な時のマリアナである。

「ラグナ、さすがにマリアナを巻き込むのはダメよ、私は大丈夫だけど」

「禁忌だけど犯罪じゃないから大丈夫だよ」

罪に問われることは無いが、悪魔召喚をしたとバレれば周りから白い目で見られる。

ブレイブ領は元から捨て地と蔑《さげす》まれているのでノーダメージなのだ。

「それにセバスが大丈夫だと言ってたからね、大丈夫だ」

「ご安心くださいアリシア様」

「セバスが言ったのならまあ……」

セバスが会話に混ざった途端《とたん》に納得《なっとく》されたのは少し解《げ》せないが、まあ良いだろう。

全ての責任をセバスに丸投げするのだ。

「坊っちゃんが悪魔対策を行うついでに、皆様《みなさま》にも体験してもらおうと思いまして」

「体験って、そんなイベントごとみたいに言われても」

「実際にブレイブ領でしかできない、ドキドキのアトラクションですな」

ドキドキ悪魔召喚アトラクション、さーて君はどんな悪魔を召喚できるかな？

とか口が裂《さ》けても言えないくらいの危険度であり、尻込《しりご》みするのも仕方ないのだが……。

「安全なら貴重な体験ですので是非《ぜひ》やってみたいです！　ふんすふんす！」

「こうなったマリアナはもう止められないのよね……」

興奮したマリアナがやりたいと言い出したので、アリシアも折れるしかなかった。

コーヒーやダンジョンなど興味のあることにはまっしぐら、それがマリアナである。

「契約《けいやく》するために呼ぶんじゃなくて、あくまで倒すためだけの召喚だから大丈夫だよ」

「ほっほ、呼ばれた側はたまった物じゃありませんな」

「はあ、これがブレイブ領よね？　そう言えばそうだった」

いつも通りの俺とセバスの様子に、アリシアはようやく覚悟《かくご》を決めているようだった。

「マリアナが危険な目に合わないように私が守ってあげないと」

拳《こぶし》を握《にぎ》りしめてそんな決意をしているのだが、なんだか俺の想像していたものと違う。

「セバス、これで吊り橋効果は発揮されるのか？」

「うーむ、思った以上に手ごわいですな」

耳打ちすると、セバスは少し難しい表情をしていた。

悪魔対策しつつアリシアとの仲を深める俺たちの妙案に、暗雲が立ち込める。

「しかしまだ始まってすらいませんので、これからですよ坊っちゃん」

「そうか、わかった」

「それにしてもこの地下室はすごいですね！」

セバスと一緒に作戦会議を行う中、マリアナは地下室の石壁《いしかべ》に夢中だった。

「魔力で強化した石壁は、まるで実習を行ったダンジョンを思わせますね？」

「山脈由来のゴーレムを使用しておりますから、耐久性《たいきゆうせい》は抜群《ばつぐん》でございます」

この石壁って魔物由来だったのか。

ゴーレムとは動く鉱物系魔物の総称《そうしよう》で、山脈ではその辺にうようよいる。

身体《からだ》を構成する成分によって色んな物に耐久性を持つので厄介《やつかい》な存在だ。

「えっ、ゴーレムなんですか⁉　ほええ、ちょっと記念に持って帰っても良いですか？」

「ダメに決まってるでしょ！　一応ここ人の家よ？」

ダンジョン実習でも見た小さなつるはしを構えだしたので、アリシアが慌《あわ》てて止めていた。

うん、俺ん家なんだよな、ここ。

人の家を容赦《ようしゃ》なく削《けず》れるマリアナが怖《こわ》いよ、俺。

「坊っちゃん、マリアナ様はどちらかと言えばブレイブ領への適性が高いタイプですな」

「そうだな……」

一応、馬車で山脈の怖さを伝えはしたが、しばらくブレイブ領で過ごしたら勝手に出歩いて、山脈にくらい一人《ひとり》で行ってしまいそうな感じがした。

恐らく、この好奇心《こうきしん》を引き留めることはできないだろう。

マリアナもさっさと強くなって貰《もら》わなければ、俺やアリシアが疲《つか》れることになりそうだ。

「それでは、お二方はこちらの石をお持ちください」

雑談もそこそこに、セバスは懐《ふところ》から白くてツルツルした石を取り出すと二人に手渡《てわた》す。

「綺麗な石。セバスこれは何かしら？」

「おお～、なんだか不思議な手触《てざわ》りですね」

綺麗な石を前に、女性陣《じょせいじん》が少し目を輝《かがや》かせていた。

「ホワイトアゲーテと言いまして、悪魔の囁《ささや》きから精神を守ってくれます」

「そんな便利な物があったんだな」

さすがに俺でも精神的なダメージから二人を守ることはできない。

心に働きかけて来るのが、やはり悪魔の厄介なところなのである。

「敵の多いブレイブ家で奥様方《おくさま》にもしものことがあった場合を想定して作られた物ですので」

「へー、母親と絡《から》んだことないから知らなかった」

「昔あったのですよ」

遠い眼をしながらセバスは語る。

「悪魔に誑かされた奥様が、情事中に当時の領主様を殺すと言う事件が」

「マジかよ」

わりかしとんでもない事件が起源だった。

それからはこの石をアクセサリーとして婚姻《こんいん》後に贈《おく》るようになったらしい。

「遠い昔の話でございます」

「ねえ、懐かしそうにしてるけど、セバスっていくつなの？」

ふと、アリシアがそんな疑問を投げかける。

「ほっほ、見た目通りでございますよ」

笑うセバスだが、俺が小さい頃からあの見た目だった気がしないでもなかった。

不死身なのかもしれないので、俺はセバス悪魔説を推している。

「歴史が失われぬように代々言い伝えられているのでございますよ」

「そうだったんだ？　まあ確かに必要かもね、その役目」

「ブレイブ家は代々戦闘以外の物覚えが非常に悪いので、仕方がないことなのです」

「棘《とげ》のある言い方だけど一応ありがとうって言っておくよ」

戦闘以外の物覚えが悪いのは事実だからね。

でもアリシアにまでそう思われてるのはちょっとショックだったな、事実だけど。

さて、とセバスは話を戻す。

「安全に気を付けますが、危険な行為には変わりませんので肌身離《はだみはな》さずお持ちくださいませ」

「わ、わかったわ……」

優《やさ》しい笑顔から真剣な表情に戻ったセバスの言葉で、アリシアは息を呑《の》む。

これはドキドキか？　吊り橋効果、上手《うま》い具合に発揮されているのか？

「なんだかドキドキしてきましたね、アリシア」

「うん……マリアナ、私が貴方《あなた》を守るから……」

しかし、マリアナのせいで再びアリシアがグッと拳を握りしめて決意を固めていた。

二人ともすごく良い雰囲気《ふんいき》で見つめ合っている。

おいセバス、話が違うじゃないか。

「で、セバス俺の分は？」

さっさと悪魔召喚しないと俺の活躍《かつやく》する場が無くなりかねないので石を急かす。

華麗《かれい》に悪魔を倒すところをアリシアに見せれば、まだ挽回《ばんかい》できるはずだ。

「あるわけないじゃないですか」

「薄々《うすうす》わかってたけど、そんなにハッキリ言わなくても良いと思う」

何度も言うが、別に傷ついてないなんてことはないんだぞ。

俺だって思春期真っ盛りで何かとセンチメンタルになりやすい年頃《としごろ》の男の子だ。

「坊っちゃんは体験と言うより訓練ですので、是非とも悪魔の囁きを受けてください」

「はいはい、元よりそのつもりだったしね」

「セバス、大丈夫なの？　障壁で防げる物じゃないからこの石があるんでしょう？」

心配するアリシアに対して、セバスは笑顔で答える。

「そこで死んでしまえば、そこまでの男だったと言うことでしょう」

「……でも」

「坊っちゃんも石を持って悪魔と戦いたいですか？」

「いやいらない。ブレイブ家は代々実践派《じっせんは》だからね」

どれだけ剣《けん》の素振《すぶ》りをしても上達するのは何もないところを斬りつける剣筋だけだ。

実際に魔物や人を斬らなければその感覚を掴むことは永久にできない。

魔術だってたくさん勉強して知識を深めたとしても知ってるだけで終わってしまう。

戦闘中にどのタイミングで蓄積した知識を使うかは、やってみないとわからないのだ。

「実際に悪魔と戦う場面って、たぶん便利な石なんて持ってないよ」

だったら別に変らないのである。

今石を持たずに死ぬか、今後石を持たずに死ぬか、ただそれだけなのだから。

「それはそうだけど」

「結構極論ですよね、それ」

アリシアとマリアナはそう言うが、極論とは即《すなわ》ち極限状態のこと。

「ブレイブ家は生まれた時から極限状態を子に強いてきました、だからこそ強いのです」

「それって虐待《ぎゃくたい》なんじゃ……？」

「過酷《かこく》な生存競争の中で死ぬか、軟弱《なんじゃく》に成長して死ぬか、どちらかですからなあ」

「そうだなあ、小さい頃から訓練されてなかったら入学前には死んでたと思うわ」

マリアナの呟きに、俺とセバスは遠い眼をして答えるのだった。

今俺はこうして生き残っているが、ゲームの世界だともうとっくに消滅している。

「そうだったんだ……命がけの綱渡《つなわた》りね……」

今後ブレイブ領で生きることになるアリシアは、感慨深《かんがいぶか》い表情で頷いていた。

人生綱渡り過ぎるとは思うが、近くにえぐい山脈があるから仕方ない。

「では召喚いたしましょうか、坊っちゃん」

「よっし、やるか。久しぶりだなあ、身体で覚えるのも」

「マリアナ様、悪魔召喚には何が必要かわかりますかな？」

「ふえっ？　えーと、供物です！」

これから悪魔と戦うんだなって袖《そで》を捲《まく》って意気込《いきご》んだのに急に授業が始まった。

メガネをクイクイと激しく動かしながらマリアナは鼻息荒く言葉を続ける。

「特に血や臓器などが良いとされています！　人間の物が好ましく、それを怠《おこた》って動物の物で済ませてしまった場合、悪魔を怒《おこ》らせてしまいます！　過去にそれで全員が命を落としてしまうと言った事件が起こったことがあると本で知りました！」

「御名答でございます」

「えへっ、ふへへ、アリシア褒《ほ》められましたよ！　セバスさんに褒められました！」

「よ、良かったわね……？」

ピョンピョンと小動物のように喜ぶマリアナの頭をアリシアは呆《あき》れた顔で撫《な》でていた。

小動物みたいな雰囲気から放たれるえげつない知識はギャップがすごい。

「あ、つまり怒らせる場合は動物の供物で済むってことなのかしら？」

「さすがアリシア様、いやはや二人とも聡明《そうめい》で素晴《すば》らしいですな」

「マリアナ、私も褒められちゃった。セバスに褒められると嬉《うれ》しいわね」

「えへへ、でしょう？」

喜ぶ二人だが、褒められた内容は悪魔への供物と怒らせる方法。

ギャップがすごい。ギャップ指数が急上昇《きゅうじょうしょう》中だ。

「でも動物の供物で呼び出す悪魔って、なんだか歯ごたえがなさそうだなあ」

ここは俺の血を用いて悪魔召喚を行った方が歯ごたえがあるのではないか。

魂まで差し出すつもりは毛頭ないが、身体の一部、血くらいは良い気がする。

「ラグナ、間違《まちが》ってても自分の血を召喚に使うのはやめなさい」

「は、はい」

呟く俺の肩《かた》にアリシアの手が置かれ、もう片方の手には首輪。

くぅーん。

でも誰の血で一番強い悪魔が出現するのか、それは純粋《じゅんすい》に気になるところだった。

「本人の血肉はさすがにそれなりの代償《だいしょう》が伴《ともな》いますので、ここは魔力で代用致《いた》しましょう」

「それでも差はできるのか？　俺のは強いのが良いんだが？」

「安心してください坊っちゃん、そう言うと思いまして良い物をご準備致しました」

セバスが指をパチンと鳴らすと、ドサドサドサッと虚空《こくう》から魔物の死骸《しがい》が飛び出す。

ユーダイナ山脈にうようよ潜《ひそ》むオークの中でも、その頂点に君臨するオークロード。

「朝獲《ど》れの新鮮《しんせん》な魔物にございます」

三メートルを優に超える巨体《きょたい》を前に、ゴクリと息を飲むアリシア。

「動物って聞いてたけど、もう誰の血でも関係ないくらいとんでもない魔物じゃ……？」

「そうかな？」

オークロードはオークを従える巨大《きよだい》なオークってだけで、ユーダイナ山脈の生態系の中では真ん中くらいで普通に捕食《ほしよく》される側の魔物である。

奥地にはもっともっとえげつない捕食者《ほしよくしや》がたくさんいるんだぜ？

「ふぇえ、初めて見ました。すごく大きいですね！　確か、この睾丸《こうがん》ってすごい高値で取引される代物《しろもの》なんですよね？　家一つ建つとか？」

「こら！　そんなこと言わないの！　……はぁ、身構えてる私がバカみたいじゃない……」

オークロードの股《もも》を見つめながら持ち込んだノートにスケッチを始めるマリアナを前に、アリシアは額を抑えながら諦《あきら》めたように溜息《ためいき》を吐《つ》いていた。

地下室に来てアリシアはもう数えきれないくらい溜息を吐いている。

守護障壁に囲まれる王都では絶対に見ることのない魔物がとにかく珍《めずら》しくて好奇心を揺《ゆ》さぶられるのは理解できるのだが、さすがにアレのスケッチを取るのは俺もなんだかなって感じ。

興味を基本的に抑えられない性格はまさに主人公って感じである。

だからこそ主人公の座から降ろすために、幼少期に貴族を恐怖するようなトラウマを植え付けられてしまったのだろうと思った。

「では坊っちゃん、召喚をお願いします」

「了解《りようかい》」

石畳《いしだたみ》の上に描かれた赤黒い魔法陣の前に立つ。

「悪魔召喚の詠唱はご存じですかな？」

「知ってるよ。確か……来たれ現世を望む異界の住人よ、飢《う》えと渇《かわ》きに支配された虚無《きょむ》の亡者よ、汝《なんじ》の求める現世の一部を今この場において私が捧《ささ》げよう……だよね？」

「ちょっと、迂闊《うかつ》に詠唱して召喚されないの？」

「意思も魔力を込めてないから大丈夫。でも扱いには気を付けた方が良いかもね」

多少なりとも悪魔を召喚したい願いや気持ちがこもっていれば、場が整っていると悪魔が召喚に応じてしまうこともある。

こっくりさん感覚でやっちゃいけないのだ。

「そう言えば、無詠唱でできるのかまだ試《ため》したことがないな？　セバス、できるもんなの？」

「繋がりが強くなるので推奨《すいしょう》はしませんが、一応できますな」

ふと疑問に思ったので試しにやってみることにした。

出て来い強い悪魔よ！

そう魔法陣に魔力を流し込み、中央に置かれているオークロードの死骸に満たしていく。

「ん？　おおっ」

赤黒く光り出した魔法陣。オークロードの死骸がドロドロと溶《と》け、地面に吸い込まれて行く。

同時に、魔力が一気に吸われる感覚がして俺は思わず膝をついた。

「うおっ、すげぇ魔力が奪《うば》われてく！」

「えっ、ラグナ⁉　大丈夫なのかしら⁉」

「お二方は、こうなるのでやめましょう」

「そんな悠長な⁉」

アリシアが慌てる最中、俺は不思議な感覚の中にいた。

魔法陣の中で供物と魔力がぐちゃぐちゃに混ざり合って、別の何かに置き換《か》わるような感覚。

渦巻《うずま》いて流動する魔力が、ギュッと固定化されて何かをかたどっていく感覚。

「くっ……はぁはぁ……」

「ラグナ……？」

「大丈夫、心配しなくて良い、驚《おどろ》いただけで全然耐《た》えれるから」

耐えていると、中央に薄《うっす》ら人のような何かが現れた。

「ふむ、無詠唱で我を呼び出し要求する魔力を与《あた》えるとは中々の者よ、褒めて遣《つか》わす」

燕尾服《えんびふく》を身に着け、濃《こ》い化粧《けしょう》と緑色の髪《かみ》が目立つ男。

悪魔にしては人に近い容姿、だがにじみ出る魔力は人を大きく超えていた。

そんな男が声高らかに言い放つ。

「さあ願いでよ！　汝が我に求めたるモノを！　ふん、意思は伝わり察しているぞ？」

「お、おお？　わかるのか？」

「顕現《けんげん》した我の根本は貴様の魔力だからな、ふっふっふ、手に取るように理解できる」

悪魔は当然だとばかりに鼻を高くし胸を張っている。

「殴《なぐ》り合いを所望だろう？　そのために我を呼び出したのだろう？」

「そうだよ」

なんだか想像以上にすごそうな悪魔が出てきたので気合いが入る。

本気でやらなきゃ、こっちが食われてしまいそうな気配がした。

「では死合おう、この悪魔の超《ちょう》新星アマイモ――ん？　げっ、さらばだ！」

「えっ」

さあ戦いの始まりだ、と一歩前に出た瞬間《しゅんかん》、目の前の悪魔は消えてしまった。

顔を激しく歪《ゆが》めて慄《おのの》いた後、シュンッと逃《に》げるように消えてしまった。

「ええ……」

困惑しているとセバスが笑う。

「ほっほ、拒否《きょひ》られてしまいましたな、坊っちゃん」

「魔力を奪って召喚に応じておいて、拒否して帰るなんてあって良いのか？」

文句の一つくらいは言ってやりたいところだが相手は悪魔だ。

泣き寝入《ねい》りするしかない、トホホ。

そして最後に言っていたアマイモとは何だったのか、甘芋《あまいも》のことか？

「いやはや、捨て地の異名も異界に轟《とどろ》いているようで何よりですな」

「んなわけあるか！」

「ラグナ！　馬鹿《ばか》！」

「痛っ⁉」

セバスに詰《つ》め寄っているとアリシアに後頭部を首輪で殴られた。

悪魔にすら拒否されてショックな上に、アリシアに殴られるなんてもうおしまいだ。

ちなみに彼女の攻撃《こうげき》は障壁で受け止めないようにしているから普通に痛い。

何故かって？　俺との関係に壁を感じて欲《ほ》しくないだろうが。

「なんでセバスがダメって言ったことをやっちゃうの！　心配したんだから！」

「す、すいません」

烈火《れっか》の如《ごと》き怒《いか》りはごもっともなので大人しく謝る。

「やるなら強いのとやり合いたい、そんな欲望が勝ってしまった……」

「ほっほ、人の欲望はとどまることを知らないと身をもって示しましたな」

「まったく……でも、こんなこともってあるのね……？」

笑うセバスを他所《よそ》に、アリシアは再び大きな溜息を吐いていた。

「事実は小説より奇《き》なりとは、よく言ったものでございますな」

「あ、わかりました！　わかりましたよ皆《みな》さん！」

一息ついていると急にマリアナが手をシュバッと上げて前に出る。

何がわかったんだ。

今の状況からわかることと言えば、悪魔の名前が甘芋ってことくらいだ。

「ふふふ、謎は解けましたよ？　真実は見抜《みぬ》きました、ふふふ」

メガネをクイクイと動かす度に、地下室の灯《あか》りが反射して眩《まぶ》しかった。

彼女のメガネはしょっちゅう壊《こわ》れていたのだが、絶対にこれが原因だ。

「セバスさんが過去に悪魔関係でひと悶着《もんちゃく》あったと言っていましたよね？」

「言いましたなあ」

「きっと、その時にボコボコにされてブレイブ家が怖くなってしまったんじゃないです？」

んな、アホな。

「御名答です、さすがはマリアナ様」

「やったぁっ！」

マジかよ、にわかには信じられないけどな？　適当に言ってないか？

ジト目で睨むとセバスは再び思いを馳《は》せるように語る。

「過去にそれなりの悪魔を討伐《とうばつ》しておりますからな、ブレイブ家は」

「それで恐れられてるって？　俺が前に戦った相手はそんなことなかったけどな」

ジェラシスは好戦的で、一度自爆《じばく》で逃走《とうそう》した後もわざわざ宣戦布告に来たくらいだ。

「悪魔にも色々な者がいます故、ブレイブ家の恐ろしさを知らなかったのでしょうな」

「本当かぁ？」

「そう拗《す》ねないでください坊っちゃん」

あの悪魔は逃げる前に目が泳いでいたから、実はセバスにビビった可能性がある。

俺は生まれてこの方、一度もセバスに勝ったことがないからありえる話だ。

「そもそも過去にどんな倒し方をすれば悪魔に恐れられるのよ」

「アリシアの言う通りだ、俺はまだ納得いってないぞ」

「最初に話した悪魔との因縁《いんねん》の続きなのですが、当時の領主様がベッドの中で悪魔に取り憑かれた奥様からナイフで襲われ色々と抉《えぐ》られましてな？」

ベッドの上で色々って、ひえっ。

今に始まったことではないが、相変わらず物騒な歴史が多過ぎる家系である。

「たまたま一人息子がその光景を見ていたのです。親の情事を。それで父親を殺されたことに激怒《げきど》した息子は覚醒《かくせい》し、黒髪《くろかみ》が金髪《きんぱつ》に見えてしまう程の神々《こうごう》しい魔力を纏《まと》いながら奥様ごと悪魔も一瞬《いっしゅん》で消滅させてしまったらしいですぞ」

「……なんだそれ、意味がわからん」

とんでもねぇな、昔のブレイブ家。

親の情事を覗《のぞ》いていただなんて、もう色々とツッコミどころが多過ぎて処理できない。

お前も覗いてるだろって？　いいや、俺のは監視《かんし》だからノーカンだぞ。

「奥様ごとって、とんでもないわね……うん……」

「はっ！　アリシアはそんなことしませんからね！　ラグナさん！」

色々と察したマリアナがアリシアの前に立って両腕《りょううで》を広げる。

「ちょっと話がややこしくなるから落ち着け。あとそんなヘマはしないから大丈夫だよ」

世の中、寝《ね》ている時が一番危ないのだから俺が対策しないわけがない。

俺の障壁は寝ている時も問題なく稼働《かどう》しているのだ。

さらに言えば、アリシアが凶行《きょうこう》に及《およ》んでしまうことも絶対にない。

「俺はアリシアの尻《しり》に敷《し》かれる道を選ぶからな！　これが新しいブレイブ家だ！」

「なるほど！　だったら安心ですね！」

「坊っちゃん、良い決意でございます、天晴《あっぱれ》です、これでブレイブ家も安泰《あんたい》ですな」

「ふっふっふ！」

正直、使用人たちからの信頼《しんらい》もあって仕事も早いのだから、将来はアリシアがブレイブ領の内政を引っ張っていくことになると俺は思っている。

帰省した翌朝、もうそんな未来が見えてしまったんだ。

「危険な悪魔召喚の途中だからおふざけはこのくらいにしなさいよ、セバスも」

「かしこまりました」

緩《ゆる》んだ場をアリシアが引き締めて脱線した話が元に戻る。

「結局、戦闘拒否されたから無駄《むだ》に終わったなあ、倒し方もへったくれもないや」

「でも貴方の家系は消滅させることができたのよね？　だったら大丈夫よ」

悪魔にすら拒否されてしまい、膝を抱《かか》えて落ち込んでいるとアリシアが慰《なぐさ》めてくれた。

「神々しい魔力を纏《まと》っているのがポイントなんじゃないの？　思いっきり聖属性の特徴《とくちょう》よね」

「確かに、聖属性は悪魔を祓う力がありますし密度を増すと神々しくなるらしいですよ」

「素晴らしい考察でございます」

アリシアとマリアナの言葉に、セバスはとても嬉しそうに応《こた》える。

「闇《やみ》には光、邪《じゃ》には聖、負には正、悪魔は闇・邪・負側の属性ですので聖属性が有効となり、悪魔を消滅させた領主様は聖属性の使い手でございました」

「なるほどなあ、でも弱点を突《つ》くだけだと消滅させるまでには行かないんじゃないか？」

それで済むならば、ジェラシス相手に逃がすなんてヘマはしていないのである。

だからこそ悪魔は依然《いぜん》として人間に対する脅威《きょうい》となっているのだ。

「きっと何かが足りなかったんだ。もう少し、深く知ることができれば……」

いったい何が足りなかったのかはまだわからない。

実際に悪魔召喚した際に感じた魔力は、今まで俺が感じたのことない動きを見せていた。

もう少し、その魔力に触《ふ》れることができれば、何かが掴めるかもしれない。

「ラグナさん、私とアリシアの分もありますからそんなに落ち込まないでください」

「結構すごそうな悪魔が出たけど、まだやる気なのねマリアナ」

「当たり前じゃないですか！　悪魔召喚だなんてこの先やる機会はないですし！」

今度は、意気揚々《ようよう》とマリアナが悪魔召喚の魔法陣の前へ。

「気を付けてね。ほらラグナは立って、何かあったら一緒にマリアナを守るの」

「了解」

「では……行きます」

マリアナはゴクリと唾《つば》を飲み込むと、詠唱を開始した。

「来たれ現世を望む異界の住人よ、飢えと渇きに支配された虚無の亡者よ、汝の求める現世の一部を今この場において私が捧げよう！」

詠唱に合わせて魔法陣に魔力が流れ込む。

俺とアリシアはその様子をジッと見守っていたのだが、何も起こらなかった。

「……あれ？」

「ほう、そう来ましたか」

その様子に、セバスは髭《ひげ》を撫でながら感心したような声を上げる。

「来たれ現世を望む異界の住人よ、飢えと渇きに支配された虚無の亡者よ、汝の求める現世の一部を今この場において私が捧げよう！」

再び詠唱するが、魔力は流れても中央の供物は何の反応も示さなかった。

「むー！　来たれ異界の方々《かたがた》よ！　飢えと渇きが満たされますよ！　コーヒーをご準備してお待ちしてますのでお願いします来てください！」

「マリアナ、それもう詠唱が違うから」

何度詠唱しても悪魔は召喚されないので、ついにはコーヒーで釣《つ》ろうとしているマリアナに思わずツッコミを入れるアリシア。

「な、なんで来てくれないいんですか……私の欲望は、足りてないのです……？」

「ちなみに欲望ってどんな？」

一応、聞いてみる。

「コーヒー好きの方がいらっしゃったら、ぜひ」

ぜひって。

「ハッ、コーヒーがあったらすでに満たされてて来ないですよね、忘れてました」

どこからツッコミを入れれば良いのかもうわからない。

この悪魔召喚で果たして俺は悪魔の倒し方を学ぶことができるのだろうか心配になってきた。

狙っていた吊り橋効果もマリアナのコーヒーワールドで意味がない空気になっている。

「一応補足ですが、欲望の強弱に関《かか》わらず人を見れば誑かそうとするのが悪魔にございます」

セバスがマリアナが召喚できなかったことの説明を行う。

「恐らく、マリアナ様の持つ魔力が強い聖属性を持っていたのでしょう。悪魔も馬鹿ではありませんので、召喚に応じれば祓われるやもと思ったのかもしれません」

「そうだったんですね？　言われてみれば納得です。属性検査で聖属性強めでした」

強めと言うか、聖女だから仕方ないのだ。

聖女の魔力は強烈《きょうれつ》な聖属性を持っており、悪魔に対して劇物である。

コーヒー好きの印象が強すぎて、すっかり元主人公で聖女だってことを忘れてしまっていた。

そう考えると、パトリシアの主人公の座から降ろす策略は恐ろしい程に成功している。

「じゃ、次はアリシアの番ですね。頑張ってください！」

「うん、ラグナが満足する悪魔を召喚できる自信はないけどやってみる」

最後にアリシアの番となる。

俺は悪魔に拒否されて、マリアナはそもそも召喚に応じてもらえない。

この場で悪魔を呼び出せるのは、アリシアしか残っていなかった。

「アリシア、気を付けて」

「今まで散々《さんざん》おふざけしてたのに、今更じゃない？」

「あ、はいすいません……」

何も言い返せない自分が恥《は》ずかしい。

後ろでセバスがほっほと笑っているのだが、お前もおちゃらけた空気に混ざっていただろ。

反省しているとアリシアは笑う。

「まあでも、おかげで気が楽になった。正直結構緊張《きんちょう》してたから、私にできるかなって」

「できるよ、アリシアなら」

できると言うか、ゲームの世界ではとんでもないことになった。

ブレイブ領は破滅して、王都は壊滅《かいめつ》的な被害《ひがい》を受けるレベルで。

「それに俺が必ず守るし、安心して挑戦《ちょうせん》して良い」

そう告げるとアリシアは微笑《ほほえ》みながら俺に手を差し出す。

その手にはホワイトアゲーテが握られていた。

「ん、これは……？」

「ラグナ、私もブレイブ家なら本来この石は使わない方が良いのよね？」

「それは」

良くないと言う前に、アリシアは言う。

「冗談よ。わかってる、私にはまだ早いってことくらい」

「アリシア……」

そんなことない、とは嘘《うそ》でも言えなかった。

セバスにまんまと乗せられたが、実際にアリシアと悪魔の組み合わせは良くない。

婚約破棄騒動《こんやくはきそうどう》のせいで悪魔に関してはトラウマも抱えている。

お守りの石が無ければ、ゲームの中のアリシアに戻ってしまう可能性があった。

何も言えずにいると、アリシアは言葉を続ける。

「この間、グリフォンを倒す貴方を見て実力の違いがはっきりわかっちゃったから」

あの時少し悲しそうにしていたのは、それが理由だったのか。

今までアリシアからそんな話をされたことすらなかったので、気が付かなかった。

「そんなことは無いですぞ」

どう言葉を返せば良いか考えていると、セバスが拍手《はくしゅ》をしながら前に出る。

「使わない、その考え方がすでに誇らしい。何なら本当に使わなくとも良いのです」

「いやでも、使わずに何かあったら迷惑《めいわく》かけちゃうんじゃないかなって」

「その時は坊っちゃんが守りますよ。オニクス殿《どの》の前で誓《ちか》われたではないですか」

そうしてセバスは笑顔で言葉を続ける。

「アリシア様、貴方様の選んだ道を尊重致します。それを笑う者はおりませんので」

「……いや石は持っとく」

しばらく考えたアリシアは言った。

「使わなくてもラグナが守ってくれると思う。でもそれじゃダメだから」

「ほう、ダメとは？　良いじゃないですか、守られても」

すごく意地悪な言葉だな、セバス。

「私が嫌《いや》なの。後ろで黙って見てるより隣に並びたい。ブレイブ家として」

顔を伏《ふ》せて頬《ほお》を染めながらアリシアはそう告げていた。

もうブレイブ家の一員だと思っていたけど、彼女の中ではまだ少し開きがあったのか。

昨日のセバスの言葉通り、その辺の話を全然してこなかった俺の責任でもある。

学園ではあまり絡まずに家では無難に過ごして、ダンジョン実習とかはずっと一歩後ろに下がらせてたからかな……。

「良い選択《せんたく》ですよ。恥じることはありません、むしろ嬉しく思います」

セバスはアリシアの頭を撫でながら言葉を続ける。

「功を焦《あせ》って自分の力量を見誤るのは愚《おろ》か者です。初めから石を持っておくことを理解していたアリシア様は、今後どんどん力を付けていくことでしょう。私はそんな方々《かたがた》をたくさん見てきましたからよくわかるんです」

「そうかな……？」

「そうですよ。ですよね、坊っちゃん？」

「え？　うん」

急に話を振《ふ》られたもんだから何を言って良いかわからずに固まってしまった。

セバスが良い感じに話していたのに、なんで俺に話を振るんだよ。

「坊っちゃん……」

すごく残念な奴を見るような眼でセバスが見つめて来る。

「良いのよセバス。そう言うのはラグナに求めても仕方ないんだから、それで良いの」

「アリシア様、なんと言う慈悲《じひ》深きお言葉でしょうか……思わず涙《なみだ》が出てしまいそうです。良かったですな坊っちゃん、アリシア様が婚約者《こんやくしゃ》で」

「タイミングを色々と間違えたのはわかるけど、そこまで言う必要ある？」

良いよ良いよ、俺が全部悪いんだ。

「ラグナ、拗《す》ねないの。じゃあ、今から始めるから見てて」

「うん」

アリシアも笑顔になったことだし、一件落着としておこう。

それにしても、後ろで黙って見ているより隣に並びたい……か。

その考え方がもう十分ブレイブ家だよ、アリシア。

ちなみにマリアナはこの間こっそり壁を削っていた。

恐らく空気を呼んでくれているのだろうが、ウチの地下室の壁を削らないで欲しい。

「じゃ、やるわよ……来たれ現世を望む異界の住人よ、飢えと渇きに支配された虚無の亡者よ、汝の求める現世の一部を今この場において私が捧げよう」

ゆっくりと紡《つむ》がれた詠唱、悪魔召喚の魔法陣は今まで以上に大きく輝き、中央の供物がドロドロに溶けて消えていく。

それは悪魔召喚が成功した証《あかし》だった。

「……終わった、のよね？」

どんな悪魔が出現するのか、固唾《かたず》を呑んで見守っていると。

――ボオオオォ！

アリシアの手の甲《こう》が燃え始めた。

「あづっ⁉」

燃える彼女の手からカラカラと石が転がり落ちる。

見ると、お守りであるホワイトアゲーテが炭のように黒ずんでしまっていた。

その瞬間、サーっと血の気が引いていく感覚がする。

炎《ほのお》からジェラシスの魔力を薄ら感じ取ったからだった。

「ラグナ、あ、熱い」

悲痛な声の後、手の甲から上がった炎は腕《うで》を伝って彼女の左目の火傷痕《やけどあと》に燃え移る。

ボッ！

それから左目を中心に、炎はアリシアの全身へと駆《か》け巡《めぐ》った。

「ウ、ゥア、ァァァァアアアアア！」

「アリシアッ！」

今にも彼女の身体を焼き尽《つ》くそうとする炎を前に、俺は手を伸ばした。

炎に引きずり込まれそうになりながら、もがくアリシアの手を掴む。

ジリジリと腕が焼け焦《こ》げていくが関係ない。

「ラグナ……」

炎に包《くる》まれたアリシアと目が合った。

「大丈夫だ、俺が必ず守るから」

俺はそれだけ告げると、アリシアの中に居座るジェラシスの魔力に介入《かいにゅう》した。

最初の悪魔召喚で感じた魔力の流れが彼女にもあってその中央の核《かく》のような部分に自分の魔力を流し込んで触れる。

すると、意識を持っていかれるような感覚になり、頭の中に謎の空間が映し出された。

真っ白な空間、声が聞こえる。

『――あーあ、上手く行ったと思ったのに、しつこいな君も』

ジェラシスの声だった。

『これでアリシアの心を壊せれば、後は殺すだけだったのになあ、君を』

アリシアの中に存在するジェラシスの魔力を通して、声が聞こえていた。

頭の中に白い空間と共に、黒い眼と口を持った炎の魔人がぼんやりと映る。

悪魔め、なんでもありかよ。

『なんでもあり？　それは君もじゃない？　魔力の流れの中に干渉《かんしょう》するなんて』

思考の共有がされているかのように、俺の思考に返答するジェラシス。
奴は、何か気付いたような声を上げる。
『あ、でも火傷してるね？　そっか、これだと君にも攻撃が届くんだ？』
脳内に、ニタリと笑った魔人の映像が流れ込んでくる。
それは、おもちゃを見つけた子供のような無邪気《じやき》な笑顔だった。
ジェラシス、どうやってこの悪魔召喚に介入しやがった。
『どうやって？　ふふ、ずっと手のひらで転がされていたんだよ、君は』
次に邪悪《じやあく》な笑顔が流れてくる。
『君はずっと姉さんの手のひらの上、そしてアリシアを失って死ぬんだ』
姉さん？
『まあ、これは警告だよ。言われたでしょ、責任は取らせるって』
それはパトリシアの――。
俺が喋《しやべ》り終わる前に、魔力の中央にあるジェラシスの気配が消えていく。
『あーあ時間切れ、中途半端《ちゆうとはんぱ》に君が介入したから、アリシア壊せなかったなあ』
ざまぁみろ。そう思考すると、ジェラシスは少しムッとした表情で言う。
『負けて死ぬのは君だよ、君が負ける、アリシアは僕《ぼく》の』
誰のものでもないのにな、もう少し大人になったら？

もう対話を試みても意味無さそうなので適当に煽《あお》って俺も帰ることにした。

時間切れでアリシアと俺の勝ちだろ？　ざまぁざまぁ。

『そうだ、姉さんにうんと意地悪しなさいって言われてたんだ』

煽っていると、ジェラシスは俺に何かを手渡す素振りをしていた。

脳内の映像だって言うのに、何故か手渡された感覚がする。

『中途半端に介入したから僕の残りの魔力を渡しておくね、すごく燃えるよ』

マジかよ。

『君が燃えるか、アリシアが燃えるか、まあ僕は燃えるアリシアも好きだけど』

ばいばい、また会おうね、とそれだけ言ってついにジェラシスは消えてしまう。

介入していたジェラシスの魔力が消えてしまったのか、映像もそこで途《と》切《ぎ》れた。

残ったのは、俺の身体の中にすごく熱い魔力の塊《かたまり》のみ。

「クソが、あいつ絶対殺す」


それから意識は現実へ、悪魔召喚をやっていた地下室へと戻り。

「ラグナさん、大丈夫ですか！　って、きゃあああああ！」

「ぐああああああああああああああああああああ！」

ボォォォォォオオオオオオオオオオオ！

俺は大炎上《えんじょう》した。

「坊っちゃん、大丈夫ですかな？」

プスプスと焦げた体を何とか起こして座り込むと、セバスが声を掛《か》けて来る。

「大丈夫に見える？」

「見えませんな」

全身の毛穴と言う毛穴から炎が噴《ふ》き出る感覚は正直死ぬかと思った。

外側ではなく内側からなので障壁で防ぐ術《すべ》もなく、もろに喰《く》らってしまう。

「よく生きてますね……？」

「それな」

全身毛穴ファイヤーした俺を間近で見ているマリアナの疑問はごもっとも。

内臓や皮膚《ひふ》などが焼ける所を片《かた》っ端《ぱし》から回復魔術を使って難を逃《のが》れたのだ。

それでもギリギリ一杯《いっぱい》で、全身に結構なダメージを受けてしまっている。

「ハッ、アリシア！　アリシアはどうなってる！」

彼女が火に包まれた場所に目を向けると、ぐったりと倒れたままだった。

「アリシア……？」

大丈夫なのか？　生きてるのか？　俺は彼女を守れなかったのか？

ジェラシスは失敗したようなことを言っていたのに、と呆然《ぼうぜん》としているとセバスが告げる。

「坊っちゃん、アリシア様は……アリシア様は……」

「おい、なんだよハッキリ言ってくれよ！」

「無事でございます」

よかった、ってかふざけんなよ、めちゃくちゃ心配したじゃん！

セバス、本当にお前は性格が悪い！

「坊っちゃん、今にも取り憑こうとする悪魔への介入はさすがでした」

「あれでよかったのかわからないけど、何とかなったなら良いか」

多少なりとも悪魔への対抗策《たいこうさく》が見つかったような気がしないでもなかった。

俺の魔術は空間構築や感知が得意だからもう少し上手くやればどうにか。

「セバスさん、ふぇ……」

「そうでしたな」

そんな話をしていると、マリアナが少し泣きそうな目でセバスに訴《うった》えかけていた。

セバスは改めて告げる。

「坊っちゃんのおかげで炎は消えたのですが、アリシア様が未《いま》だ目覚めないのです」

「えっ」

労いの言葉の前にそっちを報告しろよ。俺の安否よりアリシアの方が何億倍も大事なのである。

「で、いったいどういう状況なんだ？」

「私もまだ掴めていないことが多いので、状況を整理するべく坊っちゃんを待っていたのです」

そう言いながら、セバスは床《ゆか》に転がった黒ずんだ石を拾い上げた。

「火の手が上がったのは丁度石を持つ手ですが、何か心当たりはございませんか？」

頭を必死に探って、何か関係のあるものを思い出す。

「……あの時のキスか」

「キスですか、詳《くわ》しくお聞かせ願いますかな？」

「私も気になります、いつキスしたんですか？」

まるでいつ俺がアリシアとキスをしたのかっていう雰囲気で食い気味に聞いてくるセバスとマリアナだが、そんなことは全くない。

「簡潔に話すけど、夏季休暇前に図書室でアリシアは手の甲にキスをされてるんだ。ダンジョン実習で遭遇《そうぐう》した悪魔憑きに。ちなみにその場にはマリアナもいたぞ」

「えっ⁉」

「お前は気絶してたけどな」

「えっ⁉」

話を脱線させるわけにもいかないので、驚くマリアナを無視してセバスと話を続ける。

「プリントを手渡す瞬間に、いきなりキスをされて防ぎようがなかった。貴族の悪習だ」

「なるほど、ではその時点で、その悪魔に印を刻まれていたようですな」

「印か、文字通り唾を付けたようなもんなのか？」

「そうなります」

本当に許せない。

「ふむ……では、これでグリフォンの強襲も説明が付きますな」

「印で誘導《ゆうどう》していたのか……」

魔虫の魔術師がアリシアの何かしらを媒介《ばいかい》に魔虫を大量に飛ばしてきたように、悪魔も印目掛《めが》けて魔物を操ることができるのだそうだ。

宣戦布告の時からキスしてないことを馬鹿にしていて、あの時もただ俺をおちょくっているだけだと思っていたのだが、全てはこの時のために仕組んでいたと考えられる。

「さらに悪魔の仕業であると辿《たど》り着くように、あえてわかりやすくグリフォンを差し向けてますな」

「完全にしてやられたか、クソッ」

あのグリフォンは俺が勘付《かんづ》くことを前提としており、その結果、まんまと悪魔対策を急いでしまい二人を召喚に付き合わせるような形になってしまっていたのだ。

「介入した際に手のひらの上だと煽られたんだが、本当に踊《おど》らされてたみたいだな」

「そこまで考えた上での策だとすれば、中々どうして頭の切れる相手でございます」

相手の策略に、セバスは思わず唸《うな》りを上げていた。

ジェラシスに指示を出しているのは、恐らくパトリシア。

セバスでも唸る程の策略家だとすれば、かなり手強《てごわ》い闘《たたか》いになりそうな気がした。

「まあ、これで謎が解けましたな」

俺から聞いた話を元に、セバスはアリシアが意識を失ったままの理由を話す。

「悪魔の印は、悪魔召喚の際に確実に悪魔を取り憑かせるための一手でございます」

アリシアに深く刻まれたトラウマに作用する、俺からすれば最悪の一手。

恐怖心《きょうふしん》を煽り心身を摩耗《まもう》させることが目的なのだ。

どれだけ心の強い人であってもトラウマと言う綻《ほころ》びがあれば、悪魔は容赦なくそこから浸食《しんしょく》し精神を蝕《むしば》んでくるのである。

「そうして心を捕《と》らえ、炎の悪魔が内側から壊して我がものとする算段だったのでしょう」

「……中々えげつないことをしてくれるもんだ」

「ええ、本当に許せませんな」

唐突《とうとつ》にセバスの雰囲気が変わるのを感じた。見れば、目が怪しく光っている。

「まったく、ブレイブ家も舐《な》められたもんですな」

いつもニコニコ笑顔を崩《くず》さないセバスの目が、いつも以上に開いていた。

「ラ、ラグナさん、セバスさんの様子がちょっと怖いです……」

「これ結構ご立腹っぽい」

やられたらやり返すを地で行くブレイブ家だが、もちろんセバスも俺らと同じだ。

だってブレイブ家の子供らを長年にわたって教育してきた張本人である。

みんな大好きなアリシアがえげつない目に合わされていること、そしてブレイブ家を手玉に取るような華麗な策略に静かにぶちぎれていた。

「種はわかりましたな、呼び出した本来の悪魔がまだアリシア様の中に隠れております」

「どうするんだ、また俺が介入すれば良いのか？」

あの時はジェラシスの魔力をすでに知っていたから上手く行った。

その陰《かげ》に潜んでアリシアに取り憑こうとしてる悪魔では成功するかわからない。

「いいえ、ここは私がやりましょう。坊っちゃんは見ていてください」

「あ、はい。ちなみにどうするんだ？　他に方法があるのか？」

「ほっほ、単純な話ですよ、アリシア様の中にいる悪魔を引きずり出して殺せば良いのです」

このように、とセバスはアリシアの身体にズブリと手を突っ込んだ。

その異様な光景に、俺とマリアナは思わず固まる。こ、怖い。

いったい何をどうやれば無傷の状態で人体に手を突っ込めるのかわからない。

でも魔物の死骸を虚空から出していたんだ、虚空に入れることもできるのだろう。

聞いても教えてくれなそうだし、余り深く考えないでおこうか。

「ギ、ギギ……」

ググググッとセバスが手を引き抜《ぬ》くと、小さいオッサンが引き摺《ず》り出された。

小さな角を二本生やして、赤い肌《はだ》に蝙蝠《こうもり》の翼《つばさ》を持ったザ・悪魔って感じのタイプ。

「な、何者だ、ギギギ……俺様が何もできないなんて、グギギィ……」

「何が残っているかと心配しておりましたが、ただの雑魚ですか」

雑魚と評されたオッサン悪魔は、赤い顔をさらに真っ赤にして力を籠《こ》める。

「俺様はベリアルの眷属《けんぞく》だ、どうだ怖いかピュゥ――」

「存じ上げませんね、そんな方」

尻尾を三又《みつまた》の槍《やり》に変形させて反撃《はんげき》しようとした悪魔を、セバスはさっさと握り潰《つぶ》した。

小さな頭がキュッとなって、パンッ。

色味的にトマトが潰れたみたいな感じになっていて、隣でマリアナが吐いていた。

「……マリアナ」

「服を汚《よご》してしまったのは謝りますが、やるならやると言って欲しかったです」

それはそう。

「失敬、ついつい力を入れ過ぎてしまいました。申し訳なく思っております」

「あ、うん……」

全てが終わって元の優しい笑顔のセバスに戻るのだが、まだ少し怖かった。

「……ん、あれ……？」

セバスが悪魔を破裂《はれつ》させてからすぐ、アリシアは目を覚ました。

それはもう彼女の中に悪魔がいないことを証明している。

「アリシア、ふぇぇ！」

感極まったマリアナが思わずアリシアに駆け寄っていく。

「ラグナ！」

のだが、先にアリシアが座《すわ》る俺の元へと駆け寄って来て抱《だ》きしめる。

「ラグナ、貴方まで巻き込んでしまったかと思って……無事でよかった！」

「アリシア……君も無事で本当によかったよ……」

抱きしめ返して良いのかな、これ。

そう思いつつマリアナに目を向けると、彼女は頬を膨《ふく》らませながら俺を睨んでいた。

ひとしきりプリプリと怒った素振りを見せた後に、口だけ動かして「抱きしめろ」と。

抱きしめよう、見たかジェラシシス、俺たちは抱きしめ合ってるぞ。

「……ゴホンッ」

しばらくアリシアの好きにさせていると、セバスが呼んだ使用人たちが待機していた。

「わっわっ！」

みんなの視線を感じたアリシアは顔を赤くしながら突き放し、俺は後頭部を強打した。

「ご、ごめん！　ごめんラグナ！」

「大丈夫大丈夫、あれなんか上手く魔力コントロールできなくて痛いや」

「わーっ！」

障壁の維持《いじ》ならばなんてことないのだが、回復魔術を限界行使したのだ。

それでも足りず内臓にダメージがあって魔力をコントロールできずに血が噴き出ている。

久しぶりの感覚だが、結構ガチでギリギリの状況だったんだな……。

「とりあえず戻ろうか、みんなアリシアを運んであげて」

「かしこまりました！　タンカを急いで！　すぐにアリシア様の治療《ちりょう》も！」

「あ、ちょっと私はまだ平気、それよりラグナを！」

あれよあれよという間にアリシアはタンカに乗せられ運ばれて行った。

「ラグナさん、治します？　後でアリシアも治しに行きますが」

「いや自分でやるから大丈夫」

自己回復の魔術の訓練もやっておかないと、今後同じようなことがあった場合に動けなくなったら困るからね。

「坊っちゃんは私が連れて行きますので、マリアナ様は先にお戻りになられてください」

「わかりました」

マリアナが戻って行きセバスと二人になる。

「坊っちゃん、肩を貸しましょうかな？　現状全身大火傷に近い状態でしょう？」

「いや歩くよ、この痛みになれといた方が良いからね、最近鈍ってたし」

ゆっくりと階段を上がっていく中で、セバスが言った。

「……今回の敵は狡猾《こうかつ》ですぞ、坊っちゃん」

「そうだな、王都はバカばっかりだって舐めてたよ」

暗部の魔術師を大量にぶつけてきた一件ですら、こうして俺を油断させるための仕込《しこ》みだとするならば、奇策《きさく》過ぎて敵ながら天晴である。

「今後も、恐らく思いもよらぬ一手を仕掛《しか》けてくるかもしれません」

「そうだな、ダンジョンブートキャンプどうしようか、マジで」

搦《から》め手を仕掛けられてしまった場合、少し厳しい状態か。

「むしろ怪我《けが》が治り次第《しだい》やった方が良いでしょうな、監視の目はもうありませんから」

「なるほど、今の内ってことか」

「山脈のダンジョンであれば坊っちゃんの庭ではないですか、今回はまんまと坊っちゃんの警戒心《けいかいしん》を逆手に取った策にしてやられましたが」

「敵も味方も危険地帯って感じなんだが、まあ確かにそれはそうか」

なら怪我が治ったらさっさとダンジョンに連れて行くことにするか。

一応、やるかどうか聞いておく必要があるけど、うーん……。

「セバス、この分だとバカンスは相当先になるなあ」

「それは敵の動き次第ですな、ほっほ」

相変わらずブレイブ領は波乱万丈《はらんばんじょう》だ。

◆◆◆

悪魔召喚での一波乱が終わって、俺は少しの休養を貰うことになった。

仕事しなくても大怪我だから仕方ない。しないではなく、できないのだ。

そのためだけにマリアナの治療を拒否したわけでは断じてないぞ。

ちゃんと痛みに慣れながら自己回復を少しずつ行って身体を内側から強化している。

内臓を強くすれば身体機能も向上して、さらに魔力の量も増えるし一石二鳥だね。

「ラグナ、おはよ」

朝から庭で車椅子《くるまいす》に座ってまったりしていると、アリシアがフラッとやって来た。

「おはようアリシア、もう動けるの？」

「私の場合、ちょっとした火傷くらいだったから……みんな大げさなのよ」

一時は悪魔に取り憑かれたと言うこともあって、アリシアも療養《りょうよう》中だ。

奇跡的に軽傷で、もう普通に歩いて過ごしている。

「俺も内臓含めた全身火傷くらいだから車椅子いらないんだけどな」

「普通は大怪我だから、それ」

「でも明日には車椅子を卒業するよ？　そこそこ回復はして来たし」

「それもそれでおかしいと思うけど、元気なら安心した」

そう言いながらアリシアは俺の車椅子をゆっくりと押《お》してくれる。

「お客さん、どこまで行きたいですか？」

「じゃあガーデニングをしている庭まで」

いつだか二人の時間を作るだ作らないだ、そんな話をセバスとしていた。

まさに怪我の功名。悪魔召喚の結果、ゆったりとした二人の時間を過ごすことができていた。

朗報だ、吊り橋効果は本当にあったんだ。

「はあ、それにしても朝から仕事のない一日って最高だなあ」

帰省してからなんやかんやずーっと忙しかったのでほっと一息である。

復帰してからどうせたまった仕事をする羽目になるんだが、今は一旦忘れるのだ。

「ラグナ」

「ん？　うわあ～」

後ろからアリシアが俺の頭を撫でて、そのまま額の傷を触《さわ》ってくる。

くすぐったいなあ、なんだかスキンシップ多めでドキドキしてきた。

「私、またラグナに守られちゃったね」

「気にしてるの？」

「うん、召喚する前に守られたくないって宣言したばっかりだったし……」

少し悲しそうにするアリシアの表情だが、なんだか久々《ひさびさ》な気がした。

考えてみれば、今までどれだけコミュニケーション不足だったかがわかる。

「弱気なアリシア、久々な気がして新鮮、山脈の時以来だね」

「馬鹿にしてる？　馬鹿にしてるでしょ、絶対馬鹿にしてる」

「アハハ、してないよ」

そんな感じでお互《たが》いに笑いつつ、俺は思っていることを素直《すなお》に話した。

「俺が無理やり気丈《きじょう》に振舞《ふるま》わせてたかなって、反省してる」

「そんなことない、急にどうしたの？」

「セバスにもっと話し掛けなさいってこの間言われたから、自分なりに考えてみた」

「それでいきなり謝罪って……でも確かに、お互いのことを尊重し過ぎてたかもね」

アリシアは呆れつつも俺に合わせて話してくれる。

「学園ではマリアナにもすごく気を使わせちゃったじゃない？」

「うん」

あれは俺が変なことを考えていた結果、お節介《せっかい》を焼かせてしまったのだ。

断じてアリシアがどうとかではない、言わないけど。

「学園ではもっと一緒にいた方が良いのかな？　俺、その辺わかんなくて」

一緒に居たいと言う気持ちはあるのだが、四六時中はどうなんだ。

一人でいることに慣れているから、それで良いになってしまっている。

本当に、上手い塩梅《あんばい》がわからなかった。コミュ障ここに極まれり。

「時と場合による、なんてラグナにはちょっと難しいかもね？」

「……馬鹿にしてる？」

「ふふっ、仕返ししただけ。でも一緒にいた方が私は嬉しいかな」

だって、とアリシアは言葉を続ける。

「マリアナと図書室で課題やった時……嬉しかったし。ラグナは？」

「もちろん嬉しかった。って言うか楽しかったね、色々あったけど、うん」

赤ちゃんプレイを目撃《もくげき》する羽目になったり、手の甲キスとか。

とんでもないマイナスがあったとしても、あの集まりはプラスだった。

「もっと気楽に構えて良いんじゃないかしら？」

「気楽にかあ、確かに張りつめてた感はあったかなあ」

「って言うかお互いに目立たないことを意識し過ぎてたかもね」

「それはある、それでなんか色んなことが無難になってた感」

無難にできてたのかも怪しいけど、俺の場合。

「俺さ、もっとアリシアと話す時間を作りたい。すごい今更なんだけど」

「ほんとに今更ね、でも私もそうだから、一緒に作りましょ？　はい約束」

とアリシアから小指を差し出される。

「約束ね。大事にしたいからオニクスに」

「やめなさい、どれだけ誓約《せいやく》を増やすの、それは縛《しば》ってるのと一緒」

「はい、すいません」

「……ぷっ、アハハッ」

「ふふふっ、アハハッ」

悪ノリして注意されて謝って笑い合う、たった十数秒のやり取りなのに。

何でこうも心地《ここち》が良いんだろう。

こんな時間が続けばいいな、なんて噛《か》みしめつつ俺は話題を変える。

「アリシア、ダンジョンで訓練するって話があったでしょ」

「うん」

「あれ、やっぱり中止にするのってどうかな……？」

悪魔召喚が終わってから、俺は考えていたことを告げる。

アリシアは、少し唖然《あぜん》としているようだった。

「どうして急に？　私が弱かったから？　だったら仕方ないけど、でも」

「いや違う、俺が怖くなったんだ。悪魔召喚で倒れたアリシアを見て失うのが怖くなった」

守れたかと聞かれれば、今彼女は生きて俺の前にいる。

だが、一歩間違えれば二度と戻ってこなかった可能性だってあったんだ。

悪魔に取り憑かれて、ゲームの中のアリシアに逆戻《ぎゃくもど》りして、破滅である。

「だから無理に危険なことはさせない方が良いんじゃないかって、改めて思ったよ」

我ながら情けないな、と苦笑《にがわら》い。

自信満々《じしんまんまん》に二人を強くして、だなんて思っていた自分自身が恥ずかしい。

「アリシアが弱いからじゃないんだ、俺が怖い、ただそれだけ」

「ラグナ……」

そう言うと、アリシアにそっと後ろから抱きしめられた。

「私も本当のこと言っていい？」

「うん」

何を言われるのだろうか、ドキドキしているとアリシアは言う。

「貴方が怪我をしてるのを見て、すごく心配したんだけど、同時に安心もした」

「安心？」

「前までは私とは住む世界が違う、すごく遠い所にいる人だと勝手に思ってた」

それで、とさらに彼女は続ける。

「追いつきたいなって思っても全然イメージが湧かなくて、勝手に壁を感じてた」

「そうだったんだ」

「でも私より酷《ひど》い大怪我をして、それで同じなんだなって思ったの、軽蔑《けいべつ》する？」

「しないよ、するはずがない」

むしろ王都は温《ぬる》いとか、勝手に壁を作っていたのは俺の方だったんだから。

弱くなるだけなんだよ、住んでる人からすればたまったもんじゃないよな。

「で、今の言葉を聞いて、私はダンジョンで訓練したいと思った」

「……アリシア、すごく危険だと思う」

「そうね、でも今のままだと貴方が辛《つら》い時に誰が傍《そば》にいてあげるの？」

「……」

「守られるだけのままだと、傷つくのは貴方だけになっちゃう」

それは嫌だ、とギュッと抱きしめる力が強くなる。

「ブレイブ家としてもそうだけど、本音は私個人としてラグナの隣にいたい」

「アリシア個人として、か……」

「うん、じゃないと……貴方は一人になっちゃうから」

アリシアの言葉を聞いて、なんだか涙が出そうになった。

泣くなブレイブ家の男児。でも、今まで誰からも言われたことが無かったから心に染《し》みた。

「ラグナ？　ごめん、強くし過ぎちゃった？」

「うん、ちょっとね」

ブレイブ領の空を仰《あお》ぐ。アリシア、君は弱くなんかない。強い、強過ぎるよ。

「じゃあ、俺の怪我が治ったらダンジョンブートキャンプしよう、厳しく行くよ？」

「うん、望むところ！」

「それが終わったらバカンスだね、ようやくブレイブ領でバカンスができる」

「別に暇な時にやったら良いんじゃないの？　休日とか」

「いや、川遊びにしても上流が山脈だからそれなりに実力がいるんだよね」

「ああ、そう……ふふっ、ラグナはそのくらいが一番丁度良いわね」

俺の言葉に呆れつつも、いつも通りにアリシアは笑う。

「丁度良いって言葉はなんか失礼じゃない？　色んな意味がありそうだけど」

「好きってこと、それが」

「何だ好きってことか……ん？　アリシア今なんて？　ちょっともう一回言って！」

「帰るわよー、マリアナのコーヒーが待ってるんだから」

「あ、うん……って帰りは押してくれないんだ？　待ってくれー、いたた」

スタスタと家に戻って行くアリシアは、耳が少し赤かった。

第5章　波乱のダンジョンブートキャンプ

無事に怪我《けが》が治った俺《おれ》は、アリシアとマリアナの二人を連れてユーダイナ山脈へと来ていた。

それは何故《なぜ》か、夏の一大イベント、ブレイブ式ダンジョンブートキャンプを行うためである。

「いやあ、休暇《きゅうか》って良《い》いよな身体《からだ》がめちゃくちゃ調子が良い」

悪魔召喚《あくましょうかん》以降、怪我で療養《りょうよう》していた俺はすこぶる体調が良かった。

帰省後、竜《りゅう》相手に死にかけて碌《ろく》に休憩《きゅうけい》も取れなかった状態で過ごしていたんだから仕方ない。

「ぜぇぜぇ、よく平気な顔で……山道を歩くだけで、ぜぇぜぇ、足が棒です、ぜぇぜぇ……」

「相変わらず険しい場所よね、マリアナ大丈夫《だいじょうぶ》？」

道中、今にも死にそうな表情でへたり込《こ》むマリアナの背中をアリシアがさすっていた。

「アリシア、病み上がりなのに疲《つか》れてないんです？」

「病み上がりと言えるほど病んでなかったしね、あとこの道は一度通ったことあるから」

慣れない山道はどこを歩けば良いのかわからず無駄《むだ》に体力を消耗《しょうもう》してしまうものだ。

意識して歩く時って無駄に神経使う気がする。

アリシアが一度通ったことある道だと言っていたように、俺たちはあの岩場へと来ていた。

初めてブレイブ領に来たアリシアを連れて行った俺のお気に入りスポットである。

「はい、ここを登るともうすぐだから、マリアナ頑張《がんば》って」

「はひっ……わあああっ！　すごいすごい！」

落ちた時用に下で待機していると、ジャージ姿で崖《がけ》を登り切ったマリアナの声が聞こえてきた。

山脈に入ったらまず先に、マリアナにこの風景を見せたかったらしい。

あの日、ここでアリシアは生まれ変わったと言えるのだから名付けるなら始まりの場所か。

それにしても俺の助けなしに崖を登れるようになるなんてアリシアさすが過ぎる。

「やっぱりここって良いよな」

俺も二人の場所まで向かい、一緒《いっしょ》の風景を楽しむ。

「うん、二回目だけど相変わらず最高の眺《なが》めだと思う」

「私、地平線を初めて見ました！　本当に真《ま》っ直《す》ぐなんですね！」

王都で実際に過ごしたからこそわかるのだが、本当に自然に触《ふ》れる機会が少ない。

守護障壁《しょうへき》の中で生まれ育ち、一生を過ごす人もいるってのは少し衝撃《しょうげき》的に思えた。

みんな休日に旅行を楽しむと良く言うが、そうじゃない人もいるしね。

「はわ〜、大変なことなんて忘れちゃいそうですね、心が洗われます」

「ここから見た景色に比べたら他のことなんてちっぽけに感じるのよ」

ユーダイナ山脈は、雄大《ゆうだい》な山脈なんだ。

その懐《ふところ》の深さは、人も魔物《まもの》も、下手すれば竜も何もかも受け入れる程なのである。

「じゃ、先に進もうか」

「待ってください、この景色を見ながら少しコーヒーをば」

さっきまでぜぇぜぇ言いながら死にそうな顔をしていたのに、景色を見ながらコーヒーを飲んでまったりするマリアナは結構余裕《よゆう》そうだった。

「ラグナ、たぶんここで飲むマリアナのコーヒーは美味《おい》しいわよ？」

「確かに一味違《ちが》いそうだ」

絶景とマリアナのコーヒー、好きな場所で好きな飲み物を飲むって幸せなことである。

噛《か》みしめておこう、この幸せを。

二人もこの幸せをしっかり噛みしめて、ありがたい物だと思っておくように。


それからさらに山脈の中を歩き、俺たちはようやく今回の目的地へとたどり着いた。

「……疲れた、これはさすがに疲れた」

山脈に点在する小高い山頂の横っ面《つら》にぽっかりと空いた洞窟《どうくつ》の入り口にて汗《あせ》を拭《ぬぐ》うアリシア。

ジャージの袖《そで》で汗を拭うなんて、公爵令嬢《こうしゃくれいじょう》らしくない。そこが良い。

「ここまで来れるだけでもすでに他の生徒よりも頭一つ抜《ぬ》けてるよ」

「そもそもブレイブ領に来ないって落ちが見えた」

「……先読みブレイブジョークやめてよ」

俺の唯一《ゆいいつ》の面白《おもしろ》いポイントなんだから、そこを先んじて潰《つぶ》すとは戦争の才能がある。

「マリアナは大丈夫かしら？」

先ほどから一切《いっさい》喋《しゃべ》ってないマリアナは、俺たちの足元でよぼよぼの老人みたいになっていた。

なんと言うか、アリシアの足に縋《すが》って生まれたての子鹿《こじか》みたいにプルプルしている。

「はひぃ、はひぃ、はひぃ」

もう言葉すら失っているようだ。

「大丈夫じゃなさそうね……」

「アリシア、ひ、膝《ひざ》枕《まくら》を、膝枕をプリーズ」

「甘《あま》えないの、私だってラグナに手を引っ張って貰《もら》わず来て余裕ないんだから」

「しょんなぁぁぁ、もうおしまいだぁぁぁ！」

アリシアの拒絶《きょぜつ》に頭を抱《かか》えるマリアナだが、意外と余裕そう。

「一応、今年は魔物が少ない方だから楽な部類だよ」

普通《ふつう》だったらここに来るまでに何度か襲《おそ》われて消耗していた。

ただ移動するだけで疲れているのなら、この先のダンジョンが心配になってくる。

ダンジョン内に引きこもる魔物は、オニクスの間引きの対象外で残っているのだ。

「このくらいでへこたれてちゃ死ぬから、二人とも気合い入れて行こう」

「死ぬならせめて最後のコーヒーをば……」

「物騒《ぶっそう》なこと言わないの。それにここに来る前に飲んだでしょ？　残りは帰ってから」

「ラグナさん、私たちは無事に帰ることができるのでしょうか……？」

アリシアに縋るマリアナが助けを求めるように俺を見つめるのだが、天を仰《あお》いでおいた。

「気を抜けば死ぬのがユーダイナ山脈さ、とにかく頑張ろう」

「質問の答えになってないですよ！　帰れるか帰れないか聞いてるのに！」

獅子《しし》は我が子を千尋《せんじん》の谷に落とすと言う。

二人を無事に帰すことが俺の役目なのだが、俺がいるから安心するのも話が違うんだ。

ブレイブ式とは命の危険があってこそ。

最初から死ぬ気で挑《いど》まれるのは少し話が変わってくるのだが、どうせ人間は死にそうになったら生きながらえようと足掻《あが》くので、そこまで追い込むつもりだった。

「じゃ、入ろうか。いやあダンジョン久々《ひさびさ》だなあ」

「ラグナさん、笑顔が怖《こわ》いですよ？」

「いつも以上にいきいきしてるから、しっかり気を付けないと死ぬわよマリアナ」

「はひ」

俺が楽しそうにしていると死ぬって、その言葉はちょっとどうなの。

そうして俺たちは暗い暗い洞窟の中へと足を踏《ふ》み入れた。

ユーダイナ山脈の中でも比較的《ひかくてき》簡単な洞窟型のダンジョン、——狂気《きょうき》の蟻《あり》の巣へ。

ちなみに、二人にダンジョン名は一切教えていない。怖がるかと思って。

「ふわぁぁぁ！　一見普通の洞窟かと思ったんですけど、ちゃんとダンジョンなんですね！」

入り口ではプルプルしていたマリアナだが、いざダンジョンに入ればカンテラを片手にハイテンションであちこちを動き回っていた。

「ふんふんふんふん！　ふんすふんすふんすふん！」

鼻を鳴らしながら洞窟の壁《かべ》やら、壁に付着している苔《こけ》やら汚《よご》れを一心不乱に集めている。

ダンジョンの化け物だ。

「ダンジョンだから明るいとかは無いのね？」

アリシアはそんなマリアナを放置して、実習で行ったダンジョンとの違いを分析《ぶんせき》していた。

「実習のダンジョンは、賢者《けんじゃ》が作ったらしいからね」

「ならここは自然にできたダンジョンってこと？　違いってあるの？」

「うーん、違いはよくわかんないかな俺も」

元々は異世界だからって理由で適当に納得《なっとく》していた。

そもそも適当に設定を作った人がダンジョンあったら面白いんじゃねって何も考えずに入れ込んだもんだってのが頭にあったのだ。

「ただ一つだけ言えるのは、ダンジョンは魔物がすごい多いってことかな」

無尽蔵《むじんぞう》に湧《わ》いてくると言っても過言ではない。

生態系を破壊《はかい》しそうなもんだが、一切ダンジョンの中から出てこないので、ダンジョンが傍《そば》にあるからと言って魔物で溢《あふ》れてしまうような事も無いのだった。うーん、本当に不思議。

「ラグナさん、文献《ぶんけん》によると最初は何もない場所らしいですよ？」

そんなことを話しているとマリアナが会話に混ざる。

「魔素《まそ》が濃《こ》い条件が重なった場所にダンジョンのコアが自然発生するそうです」

「へえ、そうなんだ？」

「そして最初に辿《たど》り着いた魔物が影響《えいきょう》を受けて、良く言うボスになるんだとか」

ダンジョンのボスになった魔物は、強い魔素の影響を受けて特殊《とくしゅ》な進化を遂《と》げる。

無尽蔵に魔物を生み出し続ける理由は、そこにあるらしい。

ちなみに魔素はこの世界に溢れている謎《なぞ》の物質で、魔力《まりょく》はそれを扱《あつか》う力的なやつ。

「まあ、確証はないですけどね、本で読んだだけですし」

と言葉を締《し》めて、マリアナは、洞窟の土を掘《ほ》る作業を始めるのだった。

ザクッザクッザクッ。

「説明はありがたいけど、ナチュラルに洞窟を掘るお前が怖いよ俺は」

「解明のために土を持って帰りましょう！　貴重な本場ブレイブ産！」

まあ、ユーダイナ山脈は魔素が濃いから魔物が多いとよく言われている。

ダンジョンがたくさんあるのも頷《うなず》ける説明ではあった。

「マリアナ、一応ダンジョン観光じゃないのよ？」

「え、でもダンジョンの土……」

お土産が欲《ほ》しかったけど、お金が無くて買えなかった子供みたいな顔をしている。

ブレイブ領に観光地なんて無いと思っていたのだが、どうやらあったようだ。

普通の人間には超《ちょう》危険なマニア向けの観光地である。

「マリアナ、前も夢中でダンジョン掘って罠《わな》に引っかかったでしょ？」

「そ、そうでした……すいません……」

「夢中になるのは良いことだけど、夢中になっても問題ないくらい強くなるのが先決よ？」

しょぼーんとするマリアナを諭《さと》すアリシアはもうお母さんって感じだった。

がり勉キャラって夢中になっちゃうから、相手をしているとママキャラになるのか？

カストル相手のパトリシアもそんな感じだったから、一理ありそうだ。

「確かに、一人《ひとり》でダンジョンに行けるくらい強くなれば、行き放題ですもんね」

「そうそう……そうなの？　ラグナ、一人で来れるもんなの？」

「どうだろう、死ぬ時は死ぬと思うけど、行けるんじゃない？」

「死ぬ時は死ぬのね」

「何が起こるかわからない、それがダンジョンでもあるからね」

でも死ぬ可能性を限りなく低くするためには強くなるしかないのだった。

結局、全《すべ》ての物事が強くなったら良いに収束する、それがブレイブ領。

「ちなみに、ここはボス倒《たお》さず途中《とちゅう》でお腹《なか》痛くなって切り上げたから多少安全だよ」

「よかった、一応前知識はある場所なんだ?」

「うん一応。でも死ぬ可能性はちゃんとあるし訓練になるから安心して良いよ」

少し不安そうにしていたアリシアを安心させておく。

死ぬ可能性を安心と言えるんでしょうか、と言うマリアナの言葉は無視する。

「現状、心掛《こころが》けて置くこととかあるかしら?」

「まだ暗いだけで何もないから大丈夫」

だったら掘って良いじゃないですか、と言うマリアナの言葉は再び無視する。

狂気の蟻の巣は、まず真っ暗な洞窟が人を迎《むか》え入れ、奥《おく》にある開けた場所からが本番だ。

そこから無数の道が枝分かれしていて、どこがどこに繋《つな》がってるのか判別し辛《づら》い。

細道を抜けて次の大きな空間へ、これを何度も何度も繰《く》り返し、さらに巨大《きょだい》な蟻の魔物が何体も連なって道を巡回《じゅんかい》しているのだ。

普通の蟻から、羽の付いたタイプや顎《あご》のデカいタイプまで、様々な蟻が存在し、一番奥では女王蟻が新たな蟻を無限に生み出し続けている、そんなダンジョンである。

「ひええ、虫ですか……私は少し苦手です……」

「俄然《がぜん》、やる気が出るわね。虫なら駆逐《くちく》してやるわよ」

俺の話を聞いて、アリシアは闘志《とうし》を燃やし、マリアナは弱気になっていた。

まさに元主人公と元悪役だってくらい、正反対である。

「で、今日の目的なんだけど」

「ダンジョンクリアじゃないの？　覚悟《かくご》を決めてきた、できるかわからないけど」

俺が話す前に決意を語るアリシア。

「いやダンジョンクリアじゃないよ、さすがに難しい」

「ブレイブ式だって思ってたから、もしかしたらって」

明らかに無理なものをやらせる程にブレイブ領は脳筋ではない。

死ぬか死なないか、そのギリギリを見極めることこそがブレイブ式なのだ。

「このダンジョンは働き蟻が大量にいるから、それを利用して無詠唱《えいしょう》魔術《まじゅつ》の訓練をするんだ」

「そうなんだ、だったらそこまで危険じゃないの？　いや、その考えは甘いわね」

「ふふ、良い感じだね、アリシア」

彼女《かのじょ》の言う通り、特殊な蟻に比べて弱いが、その分量が膨大《ぼうだい》で難易度が低いわけでない。

この世界では一騎当千《いっきとうせん》が有り得てしまっているが、普通は物量が大正義なのである。

「無詠唱なんて今までやったことなかったけど、何も知らずにできるものなの？」

「コツは教えるよ、後は自分次第」

詠唱とは、魔術をマニュアル化したようなものだ。

魔力を込めて言葉にするだけで、魔力の量や密度、形、速度が決められた分だけ構築される。

逆に、無詠唱はマニュアル無しで全て頭の中で自分で決めること。

自由度は高いが、精密な魔力の制御《せいぎょ》やイメージができていないと上手《うま》く発動しない。

「了解《りょうかい》、頑張る」

「学園じゃ教えてくれないので貴重な機会です！　楽しみです！」

「楽しみ、か……」

「え、何なんですか？　ラグナさん、急に怖いこと言わないでくださいよ」

「まだ何も言ってないが」

気合十分の二人に感慨深《かんがいぶか》いものを感じただけである。

「マリアナ、どうせすごく怖い目にあうわよ、どうせね」

「アリシア、なんでそんなに達観してるんですか……」

普通は時間をかけて手軽なものからトライ&エラーをしていくものだが、効率が悪いんだ。

その点、魔物は動き回ってこちらを殺すために攻撃《こうげき》してくる。

その場でどうすれば良いかを考えてやるのがブレイブ式なのだ。

要は実践《じっせん》形式なのだが、それを死ぬか死なないかの瀬戸際《せとぎわ》でやるのがポイントなのである。

出来なきゃ死ぬぞ、ってな感じ。

テスト中、トイレに行きたくなった時、何故かすごい速さで回答できてしまうアレだ。

「あ、ちなみにできるようになるまでは帰宅できないからね？」

さらに、無詠唱で魔術を発動できることが帰宅条件ではない。

「ダンジョン内で生き残れる無詠唱魔術を構築することが絶対条件ってこと」

無詠唱で炎《ほのお》を飛ばせますとか、石ころ飛ばせますとか、そんなのは意味がない。

詠唱の延長ではなく、詠唱だと絶対にできないことをするのが重要なのである。

「言ったでしょ、ブートキャンプだって」

帰れるわけがない。風呂《ふろ》も無し。欲しかったら自分で用意しような。

それを告げた時の二人の顔は、何と言うかもうとんでもない有様だった。

「さ、先に進もうか二人とも……」

とてもじゃないが同学年の女の子とは思えない、そんな顔。


「練習の時って、杖《つえ》じゃなくても良いの？　一応魔術の授業は杖を使うけど」

「そんなの悪い癖《くせ》がつくだけだから必要ないよ」

真っ暗な洞窟を、カンテラの灯りを頼りに歩きながらアリシアの質問に答える。

「アリシアは剣《けん》も習ってたでしょ？」

「うん、一応嗜《たしな》み程度にだけど」

「だったら剣と杖はどっちが強いと思う？　魔術は関係ないものとする」

「当たり前のように剣だと思う」

「そう言うこと、せっかく剣術《けんじゅつ》の指導を受けているのなら、使わない手はないよね」

それに刃《やいば》と言うのは心理的にも相手を威圧《いあつ》できるので都合が良い。

殺傷力の無い武器で相手の油断を誘《さそ》うなんて高度なことは今はいらないのだ。

「でも学園では、魔術を使う時は杖を持つように教えられますよね？」

「それは下限に合わせてるからだと思うよ、教育上仕方ない」

マリアナの疑問にも答えておく。

「全員が等しく同じように魔術を使えるわけじゃないからね、杖に意味がある」

「どんな意味なんです？」

「初めて魔術を詠唱した時、狙《ねら》った方向にちゃんと飛ばせる人って少ないから」

「なるほど、制御し易くして狙いを定めるためのものなんですねぇ」

「そういうこと、マリアナ大正解」

詠唱には、杖を持つことを前提としたものもあるから必要なのだった。

「私のクラスは剣を振《ふ》りながら詠唱することを教えてる教師がいたけど、それはどうなの？」

「え、それは止《や》めた方が良いよ本当に」

いったい誰《だれ》がそんなことを教えていたのだろうか。

剣と魔術、どっちも使えないといけないなんてことを言った教師がいたような……。

「そうなんだ、ダメだったんだあれ」

「詠唱ってどんな魔術を使うか簡単にバレちゃうから、ブレイブだと死んじゃうよ」

「死んじゃうんだ……？」

詠唱してる間に斬《き》られるし、詠唱が終わって発動したタイミングで斬られる。

本当に死んじゃうよ。

「自分の手札は可能な限り露出《ろしゅつ》させないのが一番」

「だからラグナは自分の魔術をあんまり語らないのね」

「うん、ってか普通にひけらかすのってなんかダサくない？」

能ある鷹《たか》は爪《つめ》を隠《かく》すと言うじゃないか、それが一番格好良いと。

「確かにダサいかも。社交の場だとひけらかす人しかいなかったから」

アリシアは公爵家だから小さい頃《ころ》からそう言う人が多そうだ。

この子はこの歳《とし》でこんなすごい魔術が使えますよ、とか親が言ってきそう。

「そうなんですねぇ、でも学園だと意外といないですよね？」

「結構いるわよ？」

「そうなんです？」

一緒に首を傾《かし》げる二人。

恐《おそ》らくだが、マリアナは貴族が目に入らないような脳の作りになってるからじゃないかな。

さて、脱線《だっせん》してしまった話を戻《もど》そうか。

「基本的に、相手を仕留めるのは剣で充分《じゅうぶん》なんだ。刃先《はさき》で首を撫《な》でれば死ぬ」

剣を抜いて見せながら話す。

「無詠唱の魔術は、そこに至る手段だと考えれば良い」

「はい、質問ですラグナ先生！」

「はいなんでしょう」

「剣じゃ倒せない魔物はどうすれば良いんでしょうか！」

厄介《やっかい》な質問が来た。

「魔術で倒せば良いけど、魔術で倒せない敵はってなりそうだから潰すね質問」

「あうあう、先読みされてしまいました、アリシアどうしましょう？」

「ラグナにそれは通用しないでしょ……」

「倒せなかったら素直《すなお》に逃《に》げたら良いんだよ。死ぬよりマシだし」

「そんなもんなんですねぇ」

「逃げなきゃいけない時点で戦い方を間違《まちが》えてるから当たり前だよ」

予測不能の事態が起こったか、相手の実力を見誤ったかのどちらかである。

悪魔召喚の時がそうだ。

相手の実力を軽視して、完全に舐《な》めていたからアリシアがあんな目にあった。

「それを踏まえた無詠唱のコツだけど」

話を戻す。

「アリシアは地属性が得意だったよね？」

「うん、でも基本四属性ならどれもそれなりに使えるわよ」

オールラウンドに使えるなんて、さすがは魔術大国の公爵家だけある。

「地属性なら無詠唱だと色々万能《ばんのう》に使いこなせるよ」

「そうなの？　今のところ土いじりくらいでしか使ってないけど」

「それも万能要素の一つだね、地盤《じばん》強化とか。あとは地面を隆起《りゅうき》させて相手の足元の死角から土の槍《やり》でグサッとか、相手の攻撃を全て無力化する土壁シェルターとか」

地面はどこにでもあるものだからとにかく扱い易いのだ。

それをどこまで精密に制御できるか、それが鍵《かぎ》。

魔術は自由で、その自由度は本人の力量に大きく依存《いぞん》する。

「最初はできるだけシンプルに考えると良いよ、それがベスト」

「シンプル、かぁ……」

「俺なんかはとにかく死にたくなくて、どうやったら安全かを考えた結果だし」

全身に障壁を張れば安心じゃないか、痛くないじゃないか、夜も眠《ねむ》れるじゃないか。

そんな単純な考えから生まれた代物《しろもの》なのである。

無詠唱魔術って自由だけど、その分本人のアイデンティティが強く形になるものだ。

アリシアの無詠唱魔術がどんな形になるのか、楽しみだ。

「ラグナ、無詠唱だと土の中身まで弄《いじ》り回せるの？」

「え？　やったことないからわからないけど無理じゃない？」

肥料を追加するとか、土に混ぜ物をするのは難しいと思う。

土とか岩とか弄り回して中に含《ふく》まれる希少鉱石を集めるのはできるかもしれないが。

「無詠唱が土質改善に使えるってわけじゃないのね」

「そ、そうだね……」

アリシアの無詠唱魔術がどんな形になるのか、不安になって来た。

毎朝畑ではしゃぐ姿を見ていると少し心配になってくる。

「ラグナさんラグナさん、回復魔術が得意な場合はどうしたら良いですか」

「それはめちゃくちゃ戦闘《せんとう》向き」

「そ、そうなんです？　でも戦いで怪我した人を治せたりしますし、そうですね」

違うな、マリアナ。

そんなもんはその回復魔術の副産物でしかない。

「受けた傷を片っ端《かたぱし》から治せば不死身になれる可能性を秘めてるから」

回復魔術って身体強化にも応用できるのがすごく良い所なのだ。

斬られた腕《うで》がすぐにくっ付くレベルで高度な回復魔術が使えれば、もう隙がなくなる。

頭を守れば、それ以外がどれだけ欠損しようが関係ないのだ。

「相手を殺すまで死なないって、それはもう勝ちじゃん？　負けないじゃん？」

ゾンビ戦法は、対マンでは無類の強さを誇《ほこ》る。

それに殺したと思わせておいて、実は生きてましたって感じで裏をかくこともできる。

さらにマリアナの場合は高いレベルで他人を回復することができるのだ。

つまり頭を潰す以外は絶対に死なないゾンビ軍団を作り上げることが可能なのである。

「致死率《ちしりつ》の高いダンジョンやブレイブ領ではみんなが羨《うらや》む魔術だね！」

「ひえぇぇ」

もしかしたら死の向こう側の景色を見ることができるかもしれない、激ヤバ。

「そう考えるとすごいわね、回復魔術が得意って」

「アリシア⁉　アリシアはこっち側ですよね⁉」

俺の力説に納得するアリシアを見て、マリアナが非常に焦《あせ》っていた。

もうアリシアは覚悟を決めたからこっち側なんだよ。

「練習方法は自分の身体をたくさん怪我してたくさん治すのが一番だよ」

「えっ」

「痛いと思うけど我慢《がまん》するんだ。むしろ何故痛いのかを深く考えるんだ」

悪魔召喚後の俺と同じようなことをすれば良い。

「痛みを克服《こくふく》するためには、痛みを許容するしかないんだよ！」

「それが強くなるってことなのね、ラグナ……」

「アリシア、こっち側に帰ってきてください！　遠い目をしないでください！」

「ブレイブ領で生きていくには達観が通過点なのよ……」

「そ、そんなのあまりにも、あまりにも辛《つら》過ぎるっ！」

涙《なみだ》を流しながら足元に縋るマリアナを見て、アリシアは思わず笑っていた。

「冗談《じょうだん》よ、マリアナ。貴方《あなた》の魔術はその優《やさ》しさが元だと思ってるから」

「アリシアァ……えぐえぐ……ずびー」

「……マリアナ、それ私の服なんだけど」

アリシアの服で涙と鼻水を拭うマリアナには、図々《ずうずう》しさしか感じなかった。

でもまあ汽車の中で彼女の根本にある優しさを見ているから何も言うまい。

「痛みを克服するためには痛みを許容するしかないってのは、良い言葉ですね」

「そうね、だから頑張りましょ」

照れるじゃないか、そんなに褒《ほ》められたら。

「アリシアの傍にいるってもう決めたので、私はどこまでもついて行きますよ！」

「ありがと、マリアナ」

「二人で生きて帰りましょう！　いや、私がアリシアを絶対に生かしますから！」

死なせる気なんて毛頭ないのだが、覚悟を決めるのは良いことだ。

さて、話しながら歩いている間に目的の場所に着いたから俺も覚悟を決めよう。

これから二人を千尋の谷に突《つ》き落として、死にそうになるまで追い込む覚悟を。

「よし、つまり二人とも覚悟はできてるってことで良いかな？」

黙《だま》って頷く二人に告げる。

「これより、この場でのみ、君たち二人を訓練兵として扱う！」

「ラ、ラグナさん怖いですよ急に！」

「返事はハイ！」

「は、はひっ！」

すまんな、マリアナ怖がらせて。

アリシアは察したのかピッと気を付けをして黙っていた。

「死にたくないなら生き残れ、それがブレイブだ」

そうして優しく微笑《ほほえ》みながら俺は二人の肩《かた》を押《お》した。

「じゃ、逝《い》ってらっしゃい」

「えっ？」

「ほえ？」

暗闇《くらやみ》で見えていなかったが、さっきまで俺たちが立っていた場所はデカい空洞《くうどう》の崖の上。

下を見ると、大量の巨大な蟻がカチカチと顎を鳴らしながらひしめき合っている。

俺でも薄《うっす》ら聞こえる程に高い場所だから二人には聞こえていなかったらしい。

いきなり突き落とされた二人が、どうやってこの危機を乗り越《こ》えるのか楽しみだ。

「頑張れ二人とも」

そして、その果てにどんな無詠唱魔術を使えるようになるのかも気になるところである。

無詠唱魔術は、一種の固有能力にも近い。

普通の詠唱のように決まったものではないからこそ、人によって様々な使い方になるからだ。

お、状況《じようきよう》を飲み込めたのか下から声が聞こえてくる。

「あああああ、アリシア！　突き落とされるだなんて聞いてないですよ！」

「私も聞いてない！　まさか後ろが崖だったなんて！」

「途中からカンテラ自分で持ってましたし！　私たちに見えないようにしてましたよ！」

二人は声を揃《そろ》えて叫《さけ》ぶ。

「最悪！」

「最悪です！」

そ、そんなこと言われても効かないね。今の俺は鬼《おに》教官。

「ラグナさん、本気で私たちを殺す気なんですかね！」

「多分、私たちならこの状況でも生き残れると思ってる！　本気で！」

「今嬉《うれ》しい気持ちと迷惑《めいわく》な気持ちがせめぎ合ってますよ！　そして迷惑が勝ちました！」

「そんなことよりマリアナ、真下に土壁で入れ物を作るから、そこに水をたくさん頂戴《ちょうだい》！」

「なるほど水を緩衝材《かんしょうざい》にするんですね！　わかりました！」

二人はお互《たが》いの力を組み合わせてプールを作り出し着水した。

この状況でしっかり落下に対応できるなんて、さすがはアリシアだ。

すぐに何をするか読み取ったマリアナも素晴《すば》らしい。

「おっといけない、今の俺は鬼教官、鬼教官……」

心を鬼に切り替《か》えて二人の様子に目を向ける。

「し、死ぬかと思いました」

「そうね……」

無事に第一関門を突破《とっぱ》してずぶ濡《ぬ》れになりながら一息つく二人だが、すぐに息を呑《の》む。

「……マリアナ、休んでる暇《ひま》はないみたいよ」

「うげっ」

洞窟の巨大な蟻たちが、着水の音に反応して二人の元へと近寄って来ていた。

カチカチカチカチ、キシャーキシャー。

働き蟻の魔物は、人の身長を超《こ》える程ではないが大型犬くらいの大きさはある。

普通の蟻と比べれば大きいが、魔物と言う範疇《はんちゅう》で見るとそこまで大きくはない。

だが、数が多かった。

「アリシア、何体いると思います……?」

「明らかに百以上はいそうね……」

ギチギチと身体を擦《こす》りながら近寄ってくる蟻の大軍は圧巻だ。

人はその知恵《ちえ》で社会を築き、数の力で生き残ってきたからこそ無意識で数に恐怖《きょうふ》する。

空中と言う自由の効かない恐怖の次は、数の暴力による恐怖だ！

さあ様々な恐怖を克服するのだ、新兵よ！　じゃない魔術師《まじゅつし》よ！

己《おのれ》の中の真理と向き合い、対話をし、その上で自らの答えを導き出せ！

「マリアナ！　私が前衛をするから、後ろから援護《えんご》を頂戴！」

「はい！　虫にはえっと、火ですかね！　火だけは少し苦手なんですが」

「何でも良いわよ！　倒せれば！」

そんなことを考えながら剣と魔術で必死に蟻たちと戦う二人を眺めていると、後ろから声が聞こえてきた。

「――空を満たす力よ、賢者の声に耳を傾《かたむ》け、我が足に繋がれた鎖《くさり》を解《と》き放ち、自由の象徴《しょうちょう》たる一陣《じん》の風となせ――ウィンドウォーク！」

「あん？」

振り返ると、見覚えのある金髪《きんぱつ》イケメンが俺の隣《となり》を風のように駆《か》け抜けていった。

風を背負って、何もない空中をまるで地面があるかのように走っていく。

そうして必死に戦うアリシアとマリアナの前に颯爽《さつそう》と降り立ち、高らかに言い放った。

「私が来た！　助太刀《すけだち》しよう！」

上質なローブと軽装鎧《よろい》を身に着けた男を前に、唖然《あぜん》とした様子のアリシアが呟《つぶや》く。

「で、殿下《でんか》……？」

そう、殿下である。この国の王太子、エドワード・グラン・エーテルダム殿下の登場だった。

「ぶくぶくぶく」

エドワードの、闇《やみ》を照らすキラキラオーラを目《ま》の当《あ》たりにしたマリアナが気絶する。

ひしめく巨大な蟻たちよりも貴族に対するトラウマの方が勝利したようだ。

「蟻の群れに叩《たた》き落とされたんだ、気絶するのも良くわかる」

「はあ？」

「アリシア、彼女を任せた！」

エドワードは好き勝手に喋ると、剣を片手に蟻たちの方へと駆け出して行った。

「フン、空を！　ハァッ、満たす力よ！　セイッ、賢者の声に耳をトウッ！」

詠唱しながら蟻の攻撃を避《よ》け、飛んでくる蟻酸《ぎさん》を剣で払《はら》い、魔術を叩き込む。

「おお、すげー」

詠唱しながら剣を振るう戦い方を結構自然なレベルでやっていたので驚《おどろ》いた。

持久走を短距離《きより》走並みの速さで全力疾走《しっそう》するレベルで無駄なことなのに、戦いの中で自然にできていると言うことは、そこそこの修練を積んでいることがわかる。

やはり王道ルートのエドワード、それなりに強い。

エドワードルートがチョロいと言われていたのは、集める聖具の数が一つで良いと言う手間の少なさと、何もしなくても勝手に好感度が上がっていくイベントの豊富さと、戦闘パートでも力技でごり押しできてしまうと言う本体スペックがあったからなのだ。

「かかってこい、ダンジョンに巣食う蟻たちよ！　この私がお前たちの相手だ！」

颯爽と現れた姿や百体以上の蟻を倒してしまう姿は、まさに物語に出てくる英雄そのもの。

相手がアリシアじゃなくて一般的な女の子だったらコロッと落ちてしまうだろうな。

「――ウィンドブラストォッ！」

ブォォォォオオオオオオオオオオオオ！

吹《ふ》き荒《あ》れる暴風、飛び散る千切れた蟻たちの肉片の中で戦うエドワード。

アリシアはもうどうにでもなれと言わんばかりに白けた表情をしながら、気絶したマリアナを抱えて洞窟の隅《すみ》に避難《ひなん》していた。

威力《いりょく》の高い魔術をぶっ放したせいで色々と飛んできて危ないから仕方がない。

「アリシア、マリアナは大丈夫？」

崖から飛び降りてアリシアの元へ向かうと、大きくため息を吐《つ》いていた。

「うん、大丈夫みたい。はあ……何でいるのよ、こんなところに」

「それは本当にそう」

なんでこんなところにいるんだろう、そして俺は何故気が付かなかったんだろう。

エドワードの身に着けてるフード付きのローブがそこそこの魔力を帯びていた。

恐らくあれが悪さしたんだろうな？

お忍《しの》びが趣味《しゅみ》なエドワード、下手にハイスペックなため、誰がどう止めても勝手に城を抜け出してお忍びしてしまうアホだ。

万が一の場合を想定して、特殊な魔道具を身に着けさせている可能性は十分にある。

例えば、あのローブが気配を消す効果を持っていたりとか。

でも、本当になんでこんなところに？　ユーダイナ山脈のダンジョンだぞ？

それだけはどれだけ考えてもわからなかった。

「アリシア、帰るか」

「え、なんで」

「あの助太刀で台無しになったからだよ」

蟻の大軍を倒してしまえる実力者が現れてしまった以上、死の危険を感じることはない。

それだと意味がないので、ブレイブ式ブートキャンプは一時休止なんだ。

「それは絶対に嫌《いや》。ラグナ、次は自分で飛び降りろって言いそうだし」

「……覚悟決めたのにとかじゃなくて？」

突き落とされたのが本当に嫌だったっぽい。

「覚悟は決めているけど、あいつのせいでやめることになるのは本当に嫌なの」

そう言いながら戦うエドワードをキッと睨《にら》むアリシア。

今までは立場に免《めん》じて退いていたが、今回は本当に怒《おこ》ってそうだった。

「ここはブレイブ領、さすがにこの道だけは誰かのわがままで譲《ゆず》るつもりはない」

「了解、じゃあ続けよっか」

「そうして、私が追い返すから」

そんなわけで、俺たちはエドワードが蟻たちを倒し終えるまで待つことにした。

無視して先に進むことも考えたが、さすがにここで死なれてしまえばブレイブ領が潰れる大騒《さわ》ぎになってしまうこともあり得るので残っている。

なんでこんなところにいるんだバカ殿下、トホホ。

「ぜぇぜぇ……ど、どうだ蟻たちの大軍よ、私の方が強い……はぁはぁ、ふぅ、げほっげほっ」

見事に百体以上の蟻を倒し終えたエドワードは、いきなり剣を俺に向けて叫ぶ。

「ぜぇぜぇ、聞けっ！　ぜぇぜぇ、ブレイブ！　ぜぇぜぇ」

「はい、なんでしょう?」

「女性二人を、げほっげほっ、こんな、ぉぇっ」

最初に息を整えた方が良いんじゃないだろうか。

別にそのくらい待ってるし……いやさっきからずーっと待ってるし……。

「聞けっ、ブレイブ!」

ひとしきり咳《せ》き込んだ後、エドワードはさらりと汗を拭って仕切り直した。

「女性二人をこんな魔物の渦中《か》へ突き落とすとは、いったいどういうつもりだ!」

「いやぁ……」

どこから見ていたのかわからないが、本気で死ぬかもしれないと思わせるために叩き落としたなんで言っても信じてもらえないだろう。

この部分だけ切り取ってみれば、エドワードの言ってることは間違いではないのだった。

「ブレイブ式の訓練です」

そう言うしかなかった。これは訓練なんです、と。

「私が来なかったら死んでいた可能性もあったんだ! それを訓練だと!」

「そんなに簡単に死にませんよ、人間って」

世界に満ちてる魔素のおかげで、この世界の人間は結構頑丈《がんじょう》にできているのだ。

心臓を貫《つらぬ》かれても回復が間に合えば、ワンチャンある世界なのである。

「そんな問題じゃないだろう！　か弱き女性を何だと思っている！」

「か弱くないですよ、実際に叩き落とされた後に生存してましたし」

それに、その言葉はアリシアとマリアナに失礼だ。

二人とも強い心を持っている。

アリシアなんか、自分の弱さを自覚して、強くなろうと歩を進めている。

そんなアリシアに、俺はこの間救われた。

「だから、そういう問題じゃ――」

「殿下」

何を言ってもそういう問題じゃないと言われ、このまま堂々巡《どうどうめぐ》りになってしまうな、時間の無駄だなと思ったところで、エドワードの正面にアリシアが立つ。

表情は笑顔だが、額には青筋を浮《う》かべていた。

「危なかったなアリシア。間一髪《かんいっぱつ》間に合ってよかった」

「はあ？」

「何が守ります、だ。せっかく信用していたのに。急いで助けに来て正解だった」

ベラベラと話すエドワードに、アリシアが言う。

「私がいつ助けて欲しいと言いましたか？」

「む？」

「私が、いつ、助けて欲しいと、殿下に言いましたか？」

話に関係ないけど、ゆっくり言葉を繰り返すって結構煽《あお》り性能高いよな。

「いや、言ってはいないが、緊急《きんきゅう》を要する危険な事態だったじゃないか」

「殿下こそ危険ですよ。こんなところに一人で来て」

「はあ、またそれか？」

「汽車の比じゃありません。何かあった場合、責任は誰が取るんですか？」

「私にはこの身隠《がく》しのローブがあるから良いのだ」

だから俺も気配を察知できなかったんだな、納得だ。

「それにアリシア、もう婚約者ではない君に私の立場を心配される筋合いはない」

「だったら私も助けられる筋合いはございません」

良いぞアリシア、綺麗《きれい》なカウンターパンチだ！

「君はか弱」

「か弱い女の子だからと言う理由も関係ありません」

言い訳の封殺《ふうさつ》コンボも決めて、アリシアの完勝だ。

自分は良くて相手はダメだって「それ、戦場でも言えんの？」レベルで暴論だよな。

アリシアのターンは続く。

「殿下、この場において一番ダンジョンに詳《くわ》しいのは誰ですか？」

「私はこのダンジョンを入念に調べて来たんだ」

「ラグナですよね？　だって、ブレイブ領に住んでますもの」

「……」

「戦争経験もある彼《かれ》の引率の元で行っていた訓練ですので、殿下の心配するようなことは何もありませんので、回れ右してお引き取りください」

助けたと思っていた人から、助けろとは一言も言ってないと言われ、さらにボコボコに言い返されたエドワードは涙目になっていた。

「しかし」

「それならばお好きになさってください。私たちはこのまま訓練を続けますので」

エドワードが何か言おうとしてもアリシアがぴしゃりと言葉を被《かぶ》せて何も言わせない。

ずっとアリシアのターンだった。

俺がもし彼女にこんな突き放すような言葉を言われたら……想像しただけでも辛い。

「ラグナ、行くわよ」

「うん、じゃあもう少し先まで行こうか。たぶん突き落とすよりキツイよ？」

「覚悟の上よ」

散々《さんざん》言って少し気持ちが熱くなっているのか、アリシアの瞳《ひとみ》は強く輝《かがや》いていた。

好きだな、この瞳。

未《いま》だ気絶したままのマリアナを回収に向かう途中、小さく呟く声が聞こえた。

「絶対に強くなるって決めたんだから、一緒の道を歩けるように」

聞こえるか聞こえないかの小さな呟きは、アリシアの決意。

思わず顔が綻《ほころ》ぶ。一度折れた後に、また立ち上がった君が弱いはずがないんだ、アリシア。

「ほらマリアナ起きなさい、そこ蟻の糞《ふん》よ？」

「ふわわわっ！」

慌《あわ》てて起きるマリアナを見て思ったんだが、こいつ絶対気絶したふりしてただろ。

まあ、その場にいたら適当に助けに来た理由として扱われかねないから、それで良いか。

「みんな、行きましょ」

そうして上手くエドワードの介入《かいにゅう》を免《まぬが》れたかに思われた、その時。

「待て、ならば私もそのブレイブ式の訓練に混ぜてもらおう！」

いきなりそんなことを言い出した。

「殿下……」

アリシアが呟いた瞬間《しゅんかん》、彼女の隣にいたマリアナが「げっ」と顔を歪《ゆが》めている。

そしてすぐアリシアの身体がプルプルと震《ふる》え始めた。

「アリシア、落ち着いてください」

王族の前なのに、アリシアの怒《いか》りの方が怖かったのか焦り出すマリアナ。

「いい加減にしなさい、エドワード！」

アリシアは振り返るとエドワードを怒鳴《どな》りつけた。

「ここは王都ではなくブレイブ領、お忍びでも領主挨拶《あいさつ》には来たのかしら？」

「い、いやそれは他の者が」

「誰も来てないわよ？　だって私は領主であるブレイブ家の屋敷《やしき》にずっと滞在《たいざい》してるんだもの」

それはそう、誰も来なかった。どこにも出かけず、ずっと屋敷で過ごしていたからわかる。

「くだらない嘘《うそ》をついて、他領のダンジョンに一人で来るだなんて正気じゃない！」

アリシアは、さらに勢いに任せて言葉を続ける。

「お忍びにしても度が過ぎてるとは思わないの？　そもそも普通お忍びって言うのは、一人で街をうろついたり、わざわざ一般《いっぱん》車両に乗り込んでキモい練習をすることじゃないの！」

「……ぐ」

「公務で忙《いそが》しい王族が休息を取るために安らげる場所に行くの！　自らの治世が民のためにちゃんと機能を果たしているのか自分の目で確かめるためにやるの！　そのために各所に話を通して、周りの人を困らせないようにするの！」

ぐうの音も出ない正論に、エドワードは口を尖《とが》らせて下を向いていた。

「非常識、非常識、非常識！　本当に非常識！」

「うっ、ぐっ、むっ」

とんでもない剣幕《けんまく》で詰《つ》め寄るアリシアに、エドワードは後退するしかなかった。

今までに感じたことのない圧力に、俺は言われていないのにドキドキする。

「あの時、貴方がご執心のあの子に負けて清々《せいせい》してるわよ！　ラグナに私を守るのがどうたら文句を言ってたけど、卒業後に貴方があの子を守れるとは思わないわね！」

「どういう意味だ、パトリシアは関係ないだろう！」

パトリシアのことが出たため、エドワードも張り合う。

「大ありに決まってるでしょ？　余り言いたくはないことだけど、貴方のお父さんが、国王が、いや王家が平民との結婚《けっこん》を認めるはずないでしょ？」

「そんなことはない！　そんなしきたりは認めない！　賢者の子弟《してい》だぞ、彼女は！」

「仮に賢者の子弟であっても身分ってそう言うものなの、貴族は互いが好きで結婚するんじゃなくて、権力を維持《いじ》するために結婚するもんなのよ」

言っちゃなんだが、それを証明しているのがアリシアだ。

彼女はブレイブ領を好きになってくれたが、外から見た分には権力の維持のため。

え、権力を維持するほどの利点がブレイブ家にあるかって？

無いから、王家との婚約《こんやく》を破断したことの罰《ばつ》を与《あた》えるためにって来たんだよ。

失敗した娘《むすめ》は厳しい環境《かんきょう》に送りました、許してくださいって親のエゴ。

酷《ひど》い親だなと言いたいところだが、ブレイブ家も公爵家から色々と支援《しえん》してもらっているので何も言えない。

いやあ、貴族ってしがらみが多いよね。

捨て地と言われるブレイブ家でも多少あるんだから、王都の貴族はかなりえぐそうだ。

俺が呑気《のんき》に考えている間にもアリシアは言葉を続ける。

「貴方の大好きなパトリシアは、学園を卒業した後に色々な困難が待ち受けていることが確定してるのよ？　どうするのエドワード？」

周りの貴族がごちゃごちゃ言うのは確実だ。

令息令嬢しかいない学園でも色々言われてるんだから、出ればもっと苛烈《かれつ》になっていく。

殺される可能性だって高い。

あの女が殺される玉かは知らんが、エドワードに矛先《ほこさき》が向かうこともあるだろうな。

権威《けんい》が落ちて他の貴族が強くなれば、国が揺《ゆ》らぐ程の最悪な争いが起こる可能性もある。

丸く収めるには、エドワードが継承権《けいしょうけん》を放棄《ほうき》するしかないが、それでも王族の血は政治的に有効だから、パトリシアは邪魔《じゃま》だと狙われ続けることもあるんだ。

少し想像しただけでも困難である。

ゲームの中のマリアナのように聖女であることが発覚すれば大逆転だが、聖女の能力を偽るなんて不可能だから無理なのだ。

そうとも知らずにエドワードは叫ぶ。

「パトリシアは私が守る！　あの時、そう誓《ちか》ったんだ！」

「守れるなら勝手に守りなさい。でも気を惹《ひ》くためにお忍びなんて余計なことをしてる場合じゃないわよ？　今、貴方が相手にするべきなのは王都の貴族なんだから」

「だが今は学園で君のような取り巻きを使ってパトリシアを虐《いじ》める相手から守る方が」

「罰は受けた。見て、決闘《けっとう》で焼かれたの」

火傷《やけど》の痕《あと》を見せながらアリシアは言う。

「でもそれは過剰《かじょう》な取り巻きを止められなかった私の責任だから仕方ないわね。だから縋らずにすんなり婚約破棄《はき》を受け入れたでしょう？　実家は何も言わなかったはずよ？」

「……」

「そこから先は知らない。私がブレイブ領にいる間も続いていたんでしょう？　それが私の責任になると言うのなら、貴方は私に死ねと言ってるの？」

「そ、そこまでは……」

一つ言い返せばとんでもない量の言葉が返ってくるので、エドワードは何も言えずに駄々《だだ》をこねる子供みたいに口を尖らせて下を向いていた。

もうエドワードのライフはゼロだ。だがアリシアは止まらない。

今までの鬱憤《うっぷん》を吐き出すかのように、とどめの一言を告げた。

「今の貴方は、自分の地位から逃げてるだけね。いや逃げてもいない。だってその地位の上で生かされてるんだもの。ただ女の子を盾《たて》に目を背《そむ》けて、見ない振りだけ上手になった」

一言どころじゃなかった、完全にオーバーキルする勢いだった。

ふう、と息を吐いたアリシアは踵《きびす》を返して俺とアリシアの元に戻ってくる。

「アリシア、スッキリした？」

「多少はね」

困ったように笑いながら彼女は言う。

「貴方が守ってくれると誓った日から、もう過去の私とは決別ができてるの。これは訓練を邪魔された八つ当たりみたいなものね」

「そっか、必要だと思うよ、そう言うのも」

「ごめんね、もしかしたら……って言うか確実に言い過ぎだってことは理解してるから、貴方の家に迷惑かけちゃうと思う……」

「良いよ、国相手でも何でも戦うよ。この先何が起きても君のために」

「馬鹿《ばか》言わないのって言いたいけど、ちょっと言い過ぎた。その時は私も一緒に戦うからね」

「わ、私も戦いますよ！　どこまでもアリシアと一緒なんです！」

一緒に戦うと言われて素直に嬉しかったのだが、さすがに一緒は不味《まず》いな。

オニクスでも破れない守護障壁があるから絶対に勝てない。

俺だけなら一矢《いっし》報いて二人をどこかに逃がすってこともできるんだが……。

そうだ、みんながハッピーになるためには、今ここでエドワードを殺すしかない。

そう思って彼に目を向けると。

「そ、そんなことは知ってるんだ……わかってるんだ……！」

なんと膝《ひざ》をついて泣いていた。

「それでも私は窮屈《きゅうくつ》なこの世界で居場所をくれたパトリシアを守りたくて……彼女の立場を少しでもよくするために、このダンジョンに眠るとされる聖具を取りに来たんだ……」

えっ、無いけど。

それよりもエドワードの口から聖具と言う単語が出てきたことに驚いた。

誰から聞いたのか、パトリシアか。

「私の身隠しのローブがあれば、危険な魔物の中でも安全に取りに行くことができるから……」

いや、このダンジョンはただのデカい蟻の巣で、ゲームの中にも登場しない。

そもそもブレイブ領ってゲームの中では消滅《しょうめつ》してる領地だからあるわけない。

殿下、騙《だま》されてないか？

確実に騙されているぞ。

「だから私は命を懸《か》けてここまで来たんだ！　お忍びの中でさらにお忍びをすると言う禁断の技《わざ》を使って親友のクライブに嘘をついてまで！　裏切ってまで！」

汽車の中でコソコソ話していた内容は、クライブを撒《ま》くためだったのか。

恐らくクライブの他にも護衛が付いていることは把握《はあく》していたのだろう。

その上で一人になるために、わざわざ護衛をクライブだけにする嘘をついたのである。

そこまでするか、普通。

クライブは汽車でアリシアに謝罪していたので、俺はわりとまともな印象を抱《いだ》いていた。

エドワードは、項垂《うなだ》れたまま蟻の糞を強く握《にぎ》りしめて叫ぶ。

「それがあれば……聖具があれば、パトリシアと私の恋《こい》は認められるんだ！」

認められるわけないだろ、ゲームを知る者としては聖女はマリアナであることは確定だ。

パトリシアが聖女である事実なんて存在しない。

主人公ポジションを奪《うば》って聖具を手に入れたところで、その事実が揺らぐことは無い。

この世界に聖女は一人だけなんだ。

「だから頼《たの》むブレイブ！　私を最奥《さいおう》へと連れて行って欲しい！」

エドワードは俺の足元まで這《は》いずってきて、縋るように懇願《こんがん》する。

「屈強《くっきょう》な冒険者《ぼうけんしゃ》の集《つど》うこの地で生まれ育ち、このダンジョンをよく知るのなら頼む！　それに勇者の血を引く君なら間違いないだろう！」

「そうなのラグナ、勇者の血って」

「いや知らない」

意味の分からないことを言い出したエドワードに、アリシアが首を傾げていた。

「そんな御大層《ご》な血筋だったらそもそも捨て地じゃないよ、ブレイブ領って」

「それもそうよね」

それもそうよね、は事実だけど悲しいよね。

ブレイブ家は代々隣国《だいだいりんごく》との戦争に魔物との闘争《とうそう》ばかりしてきた血腥《ちなまぐさ》い家系なのだ。

「エドワード、私に何を言われたのか、そして自分で何を言ってるのかわかってるの？」

余りにも不様なエドワードに、アリシアが苦言を呈《てい》す。

「どうしても行きたいんだ。その代わりに君たちを罪に問うことはない。絶対にない」

俺たちが罪について話していたからか、エドワードはそこを突いてきた。

泣いて縋る振りして結構余裕なんじゃないだろうか。

「貴方がそう言っても周りの人がどう思うのかは別の話なのよ？」

「この場には私に近しい人は誰もいないのだから大丈夫だ。私だって命がけなんだ」

「はあ……」

一歩も引かない必死なエドワードにドン引きしていたのだが、ふと気が付く。

こいつはパトリシアに言われてここへ来たと言っていた。

何故、パトリシアが知っているんだ、情報は洩《も》れないようにしていたはずなのに。

アリシアに付けられていた悪魔の印も取っ払《ぱら》った。

その状況で、ピンポイントで俺たちの居場所を当てられるはおかしいのである。

「うーん……」

「どうしたの、ラグナ？」

「ここに置き去りにしたら勝手に奥に行きそうだから連れてった方が良いかもね」

「ほ、本当か！」

俺のズボンを掴むエドワード。さっき蟻の糞を鷲掴みにしていたから掴むのは止めて欲しかった。

「ラグナ、絶対面倒《めんどう》なことになるわよ？」

「でもこのまま帰しても俺らの罪は消えないし、選択肢《せんたくし》なんてないよ」

「まあ、そうね……はあ、まったく……」

溜息《ためいき》を吐くアリシアだが、ここでエドワードを帰すのは本当に不味かった。

恐らくこのまま帰してもエドワードは殺され、俺たちはその罪を着せられる。

その理由は、パトリシアがエドワードからカストルに乗り換《か》えていたからだ。

わざわざ赤ちゃんプレイまでさせて、とんでもない女である。

カストルルートを攻略《こうりやく》する上で、エドワードの持つ王族と言う立場は邪魔になる。

ゲームの中とは違って、個別シナリオなんてないからだ。

パトリシアの気を惹くためにわざわざ命を懸けてダンジョンに来るんだぞ？

有能だが扱い辛く今後の障害になり得そうな兵士は俺でも死地に送る。

何かを成せば儲《もう》けもので、死んだら死んだで別にそれで良い、みたいなね。

それと同じだ、いやもっと酷いか？

ブレイブ領のダンジョンなら身隠しのローブなんて通用しないで死ぬ可能性が高い。

そうすればブレイブ領の責任になる。

万が一にも死ななかった場合は、そのままブレイブ領内で殺してしまえば良い。

それもブレイブ領の責任になる。

いくらブレイブ領側が無実を訴《うった》えても領内で死なせてしまった罪は何かしら残るのだ。

うーん、王族と言う立場は猛毒《もうどく》過ぎる。

パトリシアの思惑《おもわく》通りに事が運ぶのはムカつくので、連れて行って生かすのが一番だ。

もう俺はパトリシアを舐めない、平気でそう言うことをして来る奴《やつ》だと認識《にんしき》している。

「殿下、案内するのは良いですけど、本当にあるんですかそんなもの」

「ある！　パトリシアが言っていたのだから！　確実にある！」

どこでその情報を仕入れたのか聞かなかったのか。

恋は盲目《もうもく》、ここに極まれり。

「では、もしなかったらどうしますか？　その聖具と呼ばれるものが」

「あるんだ！　ちゃんと地図も貰《もら》った！　彼女の恋文《こいぶみ》の中にある！」

シュバッと殿下が出した手紙には、愛する王子様へと拙《つたな》い文字で書かれていた。

子供のお絵かきみたいな地図を添《そ》えて。

「これが本当にパトリシアの手紙なんですか……？」

「彼女はいつも自分には教養が無いから字が汚《きたな》いと恥《は》ずかしがっていてな、そんな彼女が一生懸命《いっしょうけんめい》書いてくれたこの手紙は私の宝物なんだ。ほら、キスマークもある」

俺とアリシアは真剣《しんけん》な顔で語るエドワードに頭を抱えていた。

このバカ、もうバカ殿下と呼ぼう。

どう考えても子供が書いた文字であり、差出人の名前もなく、信頼性《しんらいせい》に欠ける手紙だ。

「んーむっ、こうすることで離《はな》れていてもキスができる」

キスマークだって誰のかわかんないのに、一心不乱にキスしている。

さすがのマリアナも気絶よりも嫌悪《けんお》が勝って青い顔をして引いていた。

恋は盲目ってレベルじゃねえぞ、これ。

もはや洗脳だ、洗脳。

そう思って魔虫か何かがエドワードに付いていないか確かめるのだが、付いていない。

つまり素でこれだってことが判明し、さらに俺は頭を抱えることになった。

「……ほ、本当に案内するつもりなの？　ねえ、本当に？」

「連れてって納得してもらったら帰ってもらおう、ブレイブ領から今すぐに」

アリシアの耳打ちにそう返答しておく。

こんな男の命一つで、ブレイブ領の人たちが大変な目にあってたまるか。

俺が自ら馬車を運転して隣の領地まで送り届けてやったって良い。

「ラグナ、一応書面に残しておきましょう」

そう言いながらアリシアは肩に掛《か》けていたリュックから紙とペンとインクを取り出した。

「道を覚えきれなかったらメモしようと思ったんだけど、今が使い時よね」

「さすがだよアリシア」

「罪にならないとしても何か言われる可能性は高いから、この場であったことは全てエドワードが責任を持ちますって残した方が絶対に良い。絶対後で面倒なことになるから」

「全面的に同意するよ」

アリシアもそれで済むとは思っていないだろうが、あった方がマシなのだ。

「エドワード書きなさい。貴方の字で一筆残さないとダンジョンの奥には案内しないから」

「書面にしたらお忍びじゃなくなってしまう……」

「拒否権《きょひけん》があると思う？　それだけ危険な場所で案内しろと貴方は言ってるの。ちゃんとインクに魔力を込めて書きなさいよ？　これはそこら辺のお手紙とは違う公文書なんだから」

「わ、わかった。もとよりそのつもりだ……」

渋《しぶ》っていたエドワードだが、アリシアに笑顔で威圧されて冷や汗をかきながら書面を残す。

魔力には持ち主があるから魔力を込めて書くと信頼性が上がるのだ。

「アリシア、もし聖具とやらが無かった場合、パトリシアと縁《えん》を切ることも追加してもらおう」

「そうね、そうしましょ」

「な！　何故そこまでする必要があるんだ！」

「絶対にあるんでしょう？　だったら別に良いじゃない？　それともエドワードは愛《いと》しのパトリシアの言葉を信じてないってこと？」

「信じてるとも！　私は自分の信じる道を歩むことにしたんだ！」

煽られたエドワードは、追加の文章も大人しく書き記していた。

どうなるか見ものだな、これ。

「では行きますか、聖具とやらを探しに」

俺たちは新たにエドワードを迎えて、蟻の巣を進むことになった。

確実に聖具はない。

騙されていると知った時、この哀《あわ》れな王子様にはどんな結末が待ち受けているのか。

どうせデモデモダッテで信じないだろうな。

第6章　二度目の戦い、殿下《でんか》の上様はもうダメだ

「そ、そんな……」

狂気《きょうき》の蟻《あり》の巣の最奥《さいおう》には、セラーアント・クイーンと呼ばれる女王蟻がいて、それを手早くぶち殺した後、広い空間を隈《くま》なく探しきったエドワードは再び膝《ひざ》をついて嘆《なげ》いていた。

「な、なんで、なんで……」

そんな様子をしり目に俺《おれ》は一息つく。

「はあ、疲《つか》れた」

それほど深い場所でもないが、何にせよ蟻の数が膨大《ぼうだい》過ぎた。

俺の障壁《しょうへき》は数の暴力に弱いため、とにかく最短ルートでさっさと進んだのだが、思った以上に魔《ま》力《りょく》を削《けず》られてしまっていた。

「傷は大丈夫《だいじょうぶ》なの？」

「平気、すぐにくっ付けるから」

「くっ付くんだ……」

心配そうにするアリシアに笑顔を返しておく。

「なんで腕《うで》が取れて平気でいられるんです……？」

「それは訓練してるからだよ」

「訓練すると痛みを感じなくなるんですか……？」

切断された俺の腕を見ながら青い顔をするマリアナに、そう告げておく。

セラーアント・クイーンは、六枚の羽を持った巨大《きょだい》な女王蟻。

震《ふる》わせた羽から風の刃《やいば》を放ち、口からは岩をも溶《と》かす強烈《きょうれつ》な蟻酸《ぎさん》を吐《は》いてくる。

蟻酸の悪臭《あくしゅう》が目や鼻を刺激《しげき》するので洞窟《どうくつ》のような閉鎖《へいさ》空間ではそこそこ危険な相手だった。

「いやぁ、焦《あせ》った焦った」

速攻《そっこう》で倒《たお》そうと思って蟻の口の中に腕を突《つ》っ込《こ》んで、頭の中にある核《かく》を潰《つぶ》そうとした矢先に、風の刃を一点に集中させた攻撃《こうげき》を腕に受けてしまった。

決して女王蟻のことを侮《あなど》るつもりはなかったのだが、思った以上に風の刃の威力《いりょく》が高く、障壁を貫通《かんつう》して腕が切断されてしまったのである。

連続した風の刃の一点集中は、まるでチェーンソーを押《お》し付けられているかのようだった。

やはり俺の障壁は物量や連続した攻撃に対してまだまだ弱いと感じる。

「これがマリアナの回復魔術《まじゅつ》の目標だね」

「い、嫌《いや》です……」

今しがたくっ付けた右腕《みぎうで》を動かすと、マリアナはアリシアの背中に隠《かく》れながら拒否《きょひ》していた。

絶対強いのにな、俺の障壁よりも。

こうした相手の力量を調べないまま戦闘《せんとう》を開始すると言う不測の事態にも回復魔術があれば対応できるので、みんな使えるようになっておくべきだと思った。

「訓練する前にも言った通り、戦い方を間違《まちが》えるとこうなるっていう良い例だね」

「また何もできなかった、ごめんねラグナ」

「今回に関しては本当に仕方ないから気にしなくて良いよ」

申し訳なさそうにするアリシアだが、元々最奥に行く予定はなかったのだ。

「早く帰りたい一心で急いだ俺が悪いし」

「まったく、本当に邪魔《じゃま》しかしないんだから……」

睨《にら》むアリシアの視線の先にはエドワード。

「そ、そんな……おかしい……き、きっとどこかに……」

俺たちが話している間もブツブツと呟《つぶや》きながら石を裏返したり、洞窟の小さな陰《かげ》に明かりを向けたりと聖具を探し続けている。

聖具は虫じゃないんだから石をひっくり返しても陰を照らしてもあるはずがない。

ゲームの製作陣《せいさくじん》が良い感じで神殿《しんでん》っぽい雰囲気《ふんいき》のダンジョンに置いておくものだ。

ここはゲームに関《かか》わるダンジョンではないため、最奥で手に入るのは巨大な魔《ま》核程度である。

魔核とは、魔石よりもさらに高価な産出物のことを指す。

さっき女王蟻から無理やり刳《く》り貫《ぬ》いた魔核は、巨大で純度も高く、売ったらかなりの金額になるかもしれないのでワクワクする。

それに気を取られていたから障壁ぶち破られたって感じでもあるけど。

「殿下、これでおわかりですか？」

「……そうだな」

尋《たず》ねると、何もかも諦《あきら》めたような表情でエドワードは言う。

「ありもしないものを探しに向かわされてるんじゃないかってことくらい、心の片隅《かたすみ》にはあった」

それでも、と彼《かれ》は続ける。

「彼女《かのじょ》からもらったものは、それでも返しきれないくらい温かい日々だったんだ。王族として生まれてみんな私ではなく私の地位しか見ていない中で、城下町で出会ったパトリシアはそれこそ聖女のように輝《かがや》いて見えたん――ぶふっ」

「あ、そういうのはいらないんで早く帰りましょう」

無駄《むだ》に長い昔話が始まりそうだったので、ケツを蹴《け》って早く立つように促《うなが》す。

こちとら既《き》プレイだぞ、出会いなんて知ってんだ。

感傷に浸《ひた》っているところ悪いが、長いので却下《きゃっか》。

「お、王族の尻《しり》を足蹴《あしげ》にするとは……だが、そう思うことすら今の私は大きく矛盾《むじゅん》――べぽっ」

「早く行きましょう殿下」

「……約束を守る前に、少しくらいは浸ってても良いじゃないか！」

「そんなもの家に帰ってから好きなだけやったら良いじゃないですか。ブレイブ領では敵地で物思いにふけることはご法度《はっと》なので」

敵地でそんな暇《ひま》はないのだ。ダンジョンでもそうだ。さっさと帰れ。

「今この場には、殿下は魔性《ましょう》の女に誑《たぶら》かされていたという事実しかないので」

「うぅ……パトリシア……どうして、どうして……」

ここで泣くなよ、家で泣けよ。

「殿下、最短ルートで来たのでまだ蟻たちが残っています。ここに来るまでに俺もかなり消耗《しょうもう》し、腕も切断されてしまう程の大けがを負いました。長居は守れる保証がありません」

「腕？　くっ付いてるじゃないか。それにブレイブなら何ともないだろう？　最奥までノーダメージで蟻を千切っては投げ千切っては投げの繰り返しだった。黙《だま》って後ろから見ていたが、君はやはり勇――」

エドワードが言いかけたところで、入り口付近にいたアリシアとマリアナが叫《さけ》び声を上げる。

「ラグナ！　蟻がこっちに向かって来てる！」

「ひええ、すごい足音です！」

まったく、だから言ったじゃないか、まだ蟻が残ってるって。

女王蟻をさっさと倒したからと言って、巣の蟻たちが全《すべ》て消えてしまうとか、そんな都合の良い話はないのだ。

むしろ残された蟻たちが女王蟻の死に異変を感じて、この最奥に集まってくる。

それは決して弔《とむら》い合戦などではなく、単純に次の女王蟻を決めるために候補となる卵を選びに散らばっていた蟻たちが大集結するので、一番危険な瞬間《しゅんかん》でもあった。

「殿下、感傷に浸ってうだうだしてるとマジで死にますよ？　生き延びたいならさっさと立ち上がって武器を構えてください」

「……わ、わかった」

そうして立ち上がったエドワードを連れて入り口の通路に向かうと、すでに大量の蟻が狭《せま》い通路にギチギチに詰《つ》まってしまっていた。

ギチギチギチギチギチ！

ひしめき合った蟻たちの擦《こす》れる音が本当にギチギチ聞こえてきて気持ち悪かった。

「すっごいギチギチだ。あれ、こんなに通路狭かったっけ？」

「ラグナさん、アリシアが盛り土で咄嗟《とっさ》に狭くしてくれたんですよ！　しかも無詠唱《えいしょう》で！」

「おおっ、すごい！」

死にそうな目にあったわけでもないのに無詠唱をしてのけるとは、さすがアリシア。

しかし盛り土か、畑に使えそうだな……。

「咄嗟に狭くしなきゃと思ってやったんだけど、これは畝《うね》づくりが楽になるわね」

「土の固《かた》さや増減も自由にできるなら開墾《かいこん》にも使えるんじゃないです？」

「確かに、マリアナ天才ね、ちょっとやってみる」

……ダンジョンで開墾の話をするのは良くないと思う。強くなる覚悟《かくご》はどこ行った。

それからどんどん盛り土が足され、入り口は人の頭が通る程度の小さな穴になった。

「とりあえず、これで一気に蟻がなだれ込んでくるのは防げたけど……」

「逆にどうやって脱出《だっしゅつ》したら良いんですかね？」

蟻たちは完全にせき止められ、穴の向こうでギチギチしている。

「数がえぐいだけで蟻自体は脆《もろ》いから、威力の高い魔力でまとめて吹《ふ》き飛ばせば良いよ」

もう少し待って、完全に蟻が溜《た》まり切ってからならば一網打尽《いちもうだじん》となる。

意外と良いな、盛り土。

「じゃあ、そろそろ」

「そ、そのくらいは私に任せて欲《ほ》しい！　私のウィンドブラストなら！」

構えているとエドワードが俺を押しのけて穴の前に出た、その瞬間。

――ゴウウウウウウッ！

突然《とつぜん》、穴から炎《ほのお》が噴《ふ》き出した。

「あああああああああああああああああああああ！」

どうやら穴の向こう側で誰《だれ》かが蟻を燃やしたらしい。

結果、細い入り口によってまるでバーナーみたいな炎になって殿下に直撃《ちょくげき》した。

「ああっ！　あああああああっ！　うおおおおああああ！」

顔面を抑《おさ》えながら叫び声を上げる殿下は、すぐにパタリと倒れて静かになった。

「……これは」

殿下を焼き尽《つ》くした炎が帯びる魔力には覚えがある、ジェラシスの魔力だった。

「ラグナさん！　エドワード殿下が！　大変なことに！」

「コヒュー……コヒュー……」

マリアナの叫び声が聞こえるのだが無視する。

来ると思っていたぞ、ジェラシス。

エドワードがブレイブ領で死ななければ、パトリシアが偽物《にせもの》だってことがバレる。

だからこそ、確認《かくにん》しに来ると俺は踏《ふ》んでいた。

「ひ、皮膚《ひふ》がでろんって……うわぁ、グロッ……」

「コヒュー……コヒュー……」

マリアナの呟きが聞こえるのだが無視する。

しかしまいったな、今の疲れた状態で灼熱《しゃくねつ》の魔人《まじん》本体を相手にするのは骨が折れる。

でも今が仕留める絶好の機会であることは確かだった。

「アリシア！　ど、どどど、どうしたら良いんですか⁉」

「コヒュー……コヒュー……」

俺に無視され続けたマリアナは、アリシアを頼《たよ》っていた。

「死んでないなら良いんじゃない、放置でも」

「えっ⁉　ほ、放置で良いんですか⁉」

「ラグナもたいして気にしてないみたいだし」

「それはさすがに可哀想《かわいそう》なんじゃ……とりあえず治療《ちりょう》しますね……」

あまりにも塩対応過ぎる俺たちの反応にげっそりとしながらも、マリアナは治療を始める。

王族と遭《あ》えば気絶する程のトラウマを抱《かか》えているマリアナでも、さすがにこの状況《じょうきょう》は気絶している場合じゃないらしい。

そもそも普通《ふつう》の人間だったら消し炭になってるレベルの炎だったため、直撃を受けてもしぶとく生き残っているようならば死なないだろう。

良かったなエドワード、マリアナが優《やさ》しい子で。

良かったなエドワード、高級な魔道具と上質な服を身に着けていて。

地獄《じごく》の苦しみのような痛みは自己責任だが、死なずに済んだのはエドワードのことを大切に思っていた周りの人たちのおかげなのである。

「うわっ、皮膚と服がもう……ってあれ、張り付いてない？　へー、この服は耐火《たいか》属性の繊維《せんい》でできていて、燃えた時に内側に簡単な障壁を張るんですね？　大部分は消し飛んで大火傷《やけど》ですけど、わあすごい、この洋服の機能のおかげでギリギリのところで生きてますよ！」

「コ、コヒュー……コ、ココ、コヒュー……」

興味が移ってしまったのか、治療を止《や》めて服の分析《ぶんせき》を始めるマリアナに対して、もはや「コヒュー」としか言えなくなったエドワードが必死な視線を送っていた。

余裕《よゆう》そうだなあ。火傷の苦しみは本当に辛《つら》いのに、この生命力はさすがハイスペック王太子。

「これ、髪《かみ》はもうダメそうですね……でも死ぬよりはマシでしょう」

マリアナの呟きに少し心が痛くなる。

そうか、髪はもうダメか。殿下の上様はもうダメなのか。

ま、火傷が上半身だけで済んで良かったな、と男心にそう思う。

殿下の殿下が無事ならば、世継《よっ》ぎ問題にはならないだろうし。

こいつが王位を継《つ》いだら国が終わりそうなもんだが。

「――ギャハハハッ！」

炎の勢いでボロボロと崩《くず》れ、見通しの良くなった入り口の方から笑い声が聞こえる。

来たか、ジェラシス・グラン・イグナイトの操る灼熱の魔人。

「ギャハッ」

燃える身体《からだ》に目と口だけが黒い異様な顔は、エドワードに大火傷を負わせたことがさぞかし愉快《ゆかい》なのか、ニタニタと笑《え》みを浮《う》かべている。

ヒタヒタと奥《おく》からゆっくり歩み寄るジェラシスに向かって、俺は叫んだ。

「よくも！　よくも殿下を……ッ！　殿下の上様を！」

王族を殺そうとした罪は重いぞ、極刑《きょっけい》だ。

思うことは自由だから俺は無罪だが、実際に被害《ひがい》が出ているからあいつは有罪だ。

火傷を負って禿《は》げた殿下を嘲笑《あざわら》いやがってこいつぅ。

「白々《しらじら》しいわね」

そんな俺にアリシアは冷ややかな目を向けていた。

「大義名分を得たんだよ、今」

「それはそうだけどね」

状況的には狙《ねら》われる王太子を守った形ができている。

マリアナも気絶せずに治療してくれているみたいだから、これは良い流れだ。

パトリシア、お前の奇策《きさく》程度じゃブレイブ領は揺《ゆ》るがない。

「そうだ、そんなことよりもアリシア、火は大丈夫？」

「あれに比べたら、かすり傷みたいなもんよね……」

大火傷を負ったエドワードを一瞥《いちべつ》したアリシアは遠い目をしながら言う。

「言いたいことは全部言ったから、もうどうでも良いの、火傷のトラウマも」

今度はアリシアが俺に尋ねる。

「ラグナこそ大丈夫なの？　相当消耗してたみたいだったけど」

「大丈夫だよ、みんなを本気にさせるための言葉のあやだから」

「……嘘《うそ》ね、結構消耗してるのはわかってるわよ」

「アリシアにはバレちゃうか。でも助太刀《すけだち》はいらないよ、因縁《いんねん》があるからね」

一緒《いっしょ》に戦うと言われる前にはっきりと告げておく。

「アリシアじゃ、まだアレには勝てない。まだ足手まといだよ」

「そう、ね……そうよね、仕方ない」

たった今無詠唱をちょっとばかし使えるようになったからと言って、いきなりあの灼熱の魔人を相手に戦うと言うのは驕《おご》りだ。それならまだエドワードの方が通用する。

「大丈夫、あとでゆっくり練習すればいいさ」

強くなる意志があるなら人はどこまでも強くなれる。

だからそんなに悲しい眼《め》をしないで良い。

悔《くや》しそうな眼をしないで良い、心配そうな眼をしないで良い。

「だから今は見てて、しっかり見ててよ、本気の魔術師《まじゅつし》の戦い方ってやつをさ」

「うん、わかった」

「少しでも無詠唱を使えるようになったなら、――前とは景色が違《ちが》うはずだから」

そう言い残して、俺は剣《けん》を片手に灼熱の魔人の元へと近づいていく。

灼熱の魔人はアリシアを指さしながら言った。

「ギャハッ、ソレ、ボクノ、ギャッハハッ！」

「残念、お前がどれだけ欲しがっても、もう俺のだから手に入りません」

煽《あお》り合いから、そんな俺の言葉を皮切りに戦いは唐突《とうとつ》に始まりを迎《むか》える。

まずは巨大な火球が間髪《かんはつ》入れずに生み出された。

「ギャハハッ！」

魔人が嘲笑《あざわら》う声と同時に、巨大な火球が通路をゆっくりと前進する。

通路を埋《う》め尽くしてしまう程の大きさで退路が後ろにしか存在しない。

地の利を活かした上手《うま》い攻撃だが甘《あま》い。

俺は剣先《けんさき》から障壁を縦長に構築し、巨大な火球にひと一人《ひとり》分程の穴を空ける。

さながら炎のトンネルだ。

「ギャハッ、——そうしてくると思ってたよ、君なら」

「む」

火球を通り抜けると上から声が聞こえた。

見上げると、身体は炎に包《つつ》まれているが顔の半分だけはジェラシスのままとなった灼熱の魔人が、ヤモリのように天井《てんじょう》に張り付いて俺を見下ろしていた。

「上から見下ろして良いご身分だな、顔だけ半分マン」

「実際に爵位《しゃくい》は高いよ、君より」

意外と口喧嘩《くちげんか》強いんだよな、こいつ。煽るのやめとこう。

「顔が半分出てるってことは、今回はちゃんと中身有りか？」

「どうだろうね？」

鬼火《おにび》のようにジェラシスの周りを火の玉がグルグル回って一つずつ射出される。

ボボボボッ！

俺は無数の火球を躱《かわ》しながら足元に障壁を展開して飛び、斬《き》りつけた。

ジェラシスも炎を纏《まと》わせた短剣《たんけん》で応戦し、ギッと硬《かた》い音を立てて交錯《こうさく》する。

「障壁だけでその動き、やっぱりすごいね、君」

「当然」

障壁一本で今までこの過酷《かこく》な世界を生き抜いてきた。

障壁を展開することと息を吸うことは同じようなもんなのである。

「でも、相当疲れてるよね、どこまで持つかな？　――ギャハッ」

「くっ」

再び全身が炎で覆《おお》われた灼熱の魔人の姿に戻《もど》ったジェラシス。

鍔迫《つばぜ》り合いで少し押し返された。

「ギャハハハハッ！　ギャハッ！　ギャハハハハッ！」

全身から生み出される炎は、以前戦った時より確実に強い。

その証拠《しょうこ》に、不気味な笑い声と共に纏う炎が拡大し、辺り一面が灼熱の海になっていた。

見事に弱点を突かれたな。

膨大な熱量を前に、いよいよ障壁では防ぎきれなくなってジリジリと肌《はだ》先が焼けていく感覚。

「おい、ジェラシス――」

熱で呼吸も苦しくなっていく中で、俺は瞳《ひとみ》を閉じてあえて深呼吸した。

大きく息を吸って、熱を、魔力を、肺を通して体内に送り込んでいく。

肺が焼けるように熱い、痛い、しかし耐《た》えられないレベルじゃなかった。

「……？」

俺の自殺とも思える行動を前に首を傾《かし》げるジェラシスに告げる。

「――疲労《ひろう》状態の俺なら殺せるとでも思ってるのか？」

障壁の構築方式を変更《へんこう》する。

何度お前の魔術に触《ふ》れてきたと思っているんだ？　もう覚えた、慣れた。

対応は、目の前にいる灼熱の魔人の持つ魔力に限定、防ぐ属性も火属性のみ。

そうして、俺は灼熱の海の中へと大きく踏み込んだ。

「……ナゼ？　アルケル？」

灼熱の海の中を平気な顔して歩く俺を見て、ジェラシスは首を傾げる。

再び半分だけ顔を戻して問いかけてきた。

「残りの魔力が少ないのはわかってるよ、蟻のせいで、ならやせ我慢《がまん》？」

「残りカスでも問題ないだけだ、お前相手には」

理屈《りくつ》を説明しておくと、俺が灼熱の海を歩けるのは障壁から自由度を排除《はいじょ》したからだ。

障壁は、防ぐ対象を大雑把《おおざっぱ》に決めてしまうと維持《いじ》する魔力が増える。

細かく定義しても、あれもこれもと防ぐ対象が増えれば増える程に消費魔力が増えるのだ。

しかし逆に考えると、細分化して対象を絞《しぼ》れば節約にもなるし強度も強くなる。

先ほど深呼吸して構築し直した。対象はジェラシスの魔力と火属性のみ。

対象を絞って無力化したからこそ少ない魔力で灼熱の海の中を平気で歩けるのだった。

俺はそれを障壁の最適化と呼んでいる。

それ以外の攻撃は通すけど、絞った対象の魔力や攻撃は絶対に通さない。

他人の魔力に絞って構築するのは大変だが、もう四回も触れた。

実習の時、プールサイド、悪魔召喚《あくましょうかん》、そして今。

俺の障壁は感知に長《た》けていて、触れた魔術や大元になった魔力を理解し対応ができるのだ。

苦労したけどな、あらゆる魔術を学んでそれなりに使えるようにならなきゃいけないから。

「ジェラシス、お前の灼熱はもう通用しない」

ここまで来れば魔力は関係ない、後は純粋《じゅんすい》な剣術《けんじゅつ》勝負と行こうじゃないか。

「強がりだね、君は」

「お前がな」

そう言い合いながら俺はジェラシスと切り結んだ。

纏う障壁を攻撃に転用できないので強がりだってのは正しいが、決してうんとは言わないぞ。

良いじゃないか、大切な人の前でくらい強がったって。

「余裕はどうした？　せっかく悪魔憑《つ》きなのに、そんなもんか？」

「くっ」

切り結ぶにつれて、ジェラシスの表情に余裕が無くなっていく。

それもそのはず、俺は剣、お前は短剣。

「ただの武器差だから恥《は》じることは無いさ」

取り回しの良い短剣は、相手の動きを阻害《そがい》できる火属性の強みを存分に生かせる。

熱でジリジリ消耗させながら動きが鈍《にぶ》くなったところで首を掻《か》き切れば人は死ぬんだ。

「だが相手が悪かったなジェラシス、まさか熱を無効化されるとは思ってなかっただろ？」

熱を無視して斬りかかってくる剣相手に、短剣だけだと追いつめられるのは当たり前だ。

「童貞《どうてい》だよね？　君」

「くだらん挑発で焦らせに来てるのか？　もう効かねえよ」

童貞だ、キスだ、来るべき時に備えて大事にしておくのが男の生き様だ。

身体の関係よりも心の関係、それが一番心地良いことをお前は知らない。

「それに剣と短剣、俺の方がデカい、圧倒的《あっとう》なリーチの差だ」

「……死ネ」

俺の煽りが効いたのか、ジェラシスは灼熱の魔人の姿になり跳躍《ちょうやく》して斬りかかる。

逆に聞こう、お前はキスだとか童貞だとか俺に勝ち誇《ほこ》った顔をしていたよな?

「つまり好きな人以外に初めてを捧《ささ》げたってことか、可哀想だな」

そう言いながら俺は大振《おおぶ》りとなったジェラシスに踏み込み、短剣を持つ腕を斬り落とした。

ブシャッと血が噴き出ているところを見るに、やはり本体だったか。

「う、ぐぅ……」

痛みに腕を押さえるジェラシスに再び問いかける。

「誰が初めてなんだ? パトリシアか?」

「……」

俺を睨みつけるジェラシス。

「図星か、だったらなんて言うか、結構キツイな」

「言って良いことと悪いことがある」

「何言ってんだ、図書室でカストル相手に赤ちゃんプレイしてたぞあの女」

バカ殿下然《しか》り、パトリシアは馬鹿《ばか》を誑《たら》し込むことだけは上手な馬鹿専門だ。B専。

つまりジェラシスお前も馬鹿。

「何がわかる、お前に。僕《ぼく》と姉さんの」

姉さんって、初めてが姉さんってお前……いやこれには触れないでおこう。

「地獄の日々をお前は知らない」

「そうだな知らん。興味ないいし。意味深なことを言っても無駄だぞ」

わざわざ宣戦布告して来たんだ。

「この場において俺とお前は敵、ただそれだけだ。敵の話なんか一々聞かんだろ」

命乞《いのちご》いしたって無駄だぞ。ブレイブだとちゃんと息の根止めて差し上げろって方針だから。

「そろそろ会話も切り上げるか。終わらせようぜ、婚約者《こんやくしゃ》待たせてるからさ」

「どうやってっ僕の炎を無力化してるかは知らないけど、君の障壁には一つ欠点がある」

「ふーん」

「それは攻撃に用いれないってこと」

「それで？」

「片腕《かたうで》を失っても攻撃に転用できる分、僕の方が有利」

ジェラシスがそう言った瞬間、俺が斬り落とした箇所《かしょ》にボッと炎の腕が生えた。

そして足からも炎を噴射《ふんしゃ》させ、その勢いで跳躍する。

「ギャハハハハッ！　イマノキミ、タダノヒト」

再び灼熱に身を包んで、まるで獣《けもの》のように縦横無尽《じゅうおうむじん》に洞窟内を駆《か》けまわっていた。

「おー、すげぇ」

「ギャハッ、死――ッ⁉」

殺意をまき散らしながら襲《おそ》い来るジェラシスの動きが止まる。

俺と目が合ったからだ。

「はあ、森の中だとそういう事をしてくる奴《やつ》はたくさんいたよ」

決まって素早《すばや》い動きで撹乱《かくらん》し、死角から攻撃しようとする、絶対だ。

死角から来るとわかっていれば、そこに剣を突き立てておけば勝手に刺《さ》さって死ぬ。

しかも殺気を振《ふ》り撒《ま》きながらって、ブレイブに住む人間が殺気を感知できないわけがない。

「ぐ、ぅ……ぐはっ」

胸に深く突き刺さった剣《つるぎ》を見て、ジェラシスは吐血《とけつ》する。

速さに溺《おぼ》れて剣が刺さってから気付くなんて、相当余裕がない証拠か。

いや待て、吐血しながらもジェラシスの目はまだ生きていた。

「掴《つか》んだ、よ……これで殺せる……言ったよ、僕に分があるって……」

「もう死ね」

剣を捻《ひね》って引き抜こうとするが、ジェラシスは引き抜けないように俺の腕を掴んだ。

「なっ」

そして呟く。

「狂気よ燃えろ、嫉妬《しっと》の炎で内側から焼き尽くされろ――」

詠唱のような言葉が紡《つむ》がれてすぐ、全身を内側から燃やされているような感覚。

熱い、熱い、熱い、心の中が、目の前が、全て炎で染まっていき視界が暗転した。

◆◆◆

「――ギャハハハハハハハッ！　ハイレタハイレタハイレタハイレタ！」

人間味が感じられない笑い声が響《ひび》く。

「ギャハッ、ギャハハッ、ウヒャヒャヒャヒャヒャヒャ！　ハヒャッ！」

暗転した視界がスッと戻ると、目の前にジェラシスと灼熱の魔人が並んで立っていた。

灼熱の魔人はまるで蛇《へび》のように胴体《どうたい》を長く伸《の》ばすと、ジェラシスに巻き付いて笑う。

「よくやったジェラシース！」

「……うん」

「可愛《かわい》い可愛い可愛いジェラシスジェラシスジェラシス」

あれがジェラシスに取り憑いている悪魔の正体か。

テンションが高くてウザいタイプである。

ジェラシスの方も心なしか学校で見た時よりも物静かで、どことなく幼く見える。

「ここはどこ？　みたいな顔しちゃってるよなぁ～？」

「精神世界だろ、目の前に明らかな光源がいて、わからない奴はただの馬鹿だ」

今まで洞窟にいたんだ、その上でここはどこだなんて混乱するわけがない。

それに一度だけ見ているからな、こういう風景。

黒一色のこの世界、気を抜けば平衡《へいこう》感覚さえも失ってしまいそうだ。

「ぷっ、光源だってさ」

「ジェラシース！　そりゃないぜ？　とりま、あいつ殺す？」

「どうせすぐ死ぬよ」

「どうせすぐ死ぬなあ！　ギャハハハハハッ！」

テンションがバグってるな、あの悪魔。

感情の起伏《きふく》に合わせてメラメラと炎が動く悪魔を制すと、ジェラシスは俺に告げる。

「言ったでしょ、僕に分があるって」

「ない。心臓を貫《つらぬ》いて捻《ね》じり斬った」

分があるとは、有利に状況を進めることで、捨て身を使った魔術に分なんかない。

「お前が死ぬと言う事実は変わらん、諦めてここから出せ」

「君は強い、けどこうなったら僕の勝ち」

話聞けよ。精神世界でも相変わらず会話がちぐはぐな男である。

「あれくらいじゃ僕は死なないよ。でも君は死ぬ」

「お前が死ね」

「いや君が死ぬ」

「話が堂々巡《どうどうめぐ》りだぜぇ～！　ギャハハハハハッ！」

ジェラシスはやれやれと肩を竦《すく》めながら言った。

「ここは君の精神世界、ふふ、真っ暗だ、アリシアとは大違いだね」

「少し影《かげ》がある方がモテるらしいし、良いんじゃないか」

「影は光が無いと意味をなさないよ。無いね、光、君の中に、何もない」

「アリシアが白いから丁度良いじゃん、婚約者だし」

「……君は今から、自分の心の闇《やみ》の狂《くる》い火によって内側から灰になるんだ」

ジェラシスが会話を諦めて先に進めるのは、なんだか勝利した感じがする。

俺の勝ち、何で負けたか死ぬまでに考えとけ、すぐ死ぬけど。

「得意の障壁でも意味ないよ？　内側から燃やすんだから」

「ギャハハハッ、燃やせ燃やせ炎上《えんじょう》だぁっ！　薪《まき》をくべよ燃料追加ぁ！」

「この世界なら、君の障壁を無視してダメージを与《あた》えられることは実証できてるからね」

「あー、あの時か」

「そう、君はアリシアと何もできないまま、童貞のまま死んでいくんだ」

「ギャハハ！　おかしくなって死んでいくんだぁ！　何も残せず何もできず！」

「これで……これでやっとアリシアが手に入るよ。僕の物だ」

悪魔のうるさい声を無視しながら、ジェラシスは上を向いて感慨深《かんがいぶか》そうに語る。

「小さな頃《ころ》に見た時から、あの美しい瞳に一目惚《ひとめぼ》れだったんだ」

「なあ、一つ聞きたいんだが」

うっとりとしているジェラシスに、俺は問いかけた。

「仮に俺が死んでも、アリシアがお前を好きになる保証はどこにも無くないか？」

ジェラシスの表情が真顔に戻る。スンッと。

殺して恋人《こいびと》を奪《うば》うだなんて、恋愛劇《れんあい》の中では極々《ごくごく》ありふれたドロドロの展開だ。

しかし、そんな話の奪った側にハッピーエンドはあっただろうか。

好きな女が今の彼氏《かれし》に虐《しいた》げられているから奪って助けるなんてのはあるかもしれないが、別にそういうわけでもない状況で横やりを入れるのは、悪役以外の何者でもない。

「で、手に入れてどうすんだ？　入れ物にでも入れておくのか？　お前がされたみたいに」

「うるさい」

ジェラシスは余程触れて欲しくなかったのか、すごい表情で俺を睨んでいた。

「まあ一目惚れなら仕方ない。ありがちだ。もっとも俺はアリシアの中身が好きだけどな？　お前は絶対知らないと思うけど、すごく良い女だぞ。一つ屋根の下で暮らしてるし、お前なんかとは次元が違うよ」

「ギャハハッ！　ジェラシース、これは揺さぶりだぜ？　あいつは時間を稼《かせ》いでるんだぁ！」

「事実だよ。己《おのれ》の胸に手を当てて心に聞いてみな、心があるか知らんけど」

「うるさいうるさいうるさいうるさいうるさい！」

俺の言葉にジェラシスは頭を押さえて悶《もだ》えながら反応していた。

「ギャハハハハッ！　そうだ耳を貸すなジェラシースゥ！　感情に身を任せろ、それがお前の原点であり最強の力だ、ギャハハハッ！」

錯乱《さくらん》するジェラシスを悪魔が煽る。

どう考えてもこの悪魔がジェラシスの心に悪さをしてる気がした。

「あああああ、お前に何がわかる！」

頭や顔を掻きむしりながらジェラシスは叫ぶ。

「まともに育って、まともに人を好きになって、恵《めぐ》まれた人間には僕の気持ちはわからない！」

「ギャハッ、俺だけがわかってやれるぜジェラシィース。産まれた時から一緒だろぉ？」

「うん」

「辛かったよなぁ、俺も辛かったぜぇ、だからほら、早くやっちまえよ。邪魔だろ？　邪魔だから殺しちまえよあいつをよぉ」

「うん、わかった。邪魔者《じゃまもの》は、全部、焼けばいいよ、ね？」

囁《ささや》く悪魔に導かれるように、ジェラシスはぼんやりと涎《よだれ》を垂らしながら俺に手を向けた。

確実に殺す意志が伝わって来た瞬間、俺の全身がボウッと燃え始める。

「燃えて死んじゃえ、君がなんと言おうとアリシアは僕のものだよ」

燃え盛る俺を見ながらジェラシスは笑っていた。

「なるほど、内側から魔力を暴走させてるのか」

「――ッ⁉」

だが、その笑いもすぐに驚《おどろ》いた表情へと変貌《へんぼう》を遂《と》げる。

俺の全身を包み込んでいた炎が徐々《じょじょ》に弱り始め、ついには消えてしまったからだ。

「な、なんで……」

「そもそもヒントを与えたのはお前だぞ、お前のせいで死にかけたんだからな」

内側から燃えていく感覚は、全身毛穴ファイヤーの時と似ていた。

あれも蓋《ふた》を開けてみれば抑えきれない魔力の暴走と言った形なのである。

「一度死にかけたんだ、二度目も食らったらアリシアに合わせる顔が無いだろ？」

あの時はとにかく回復魔術を使いまくって何とかなったが、今回は精神世界。

しかも使用しているのは使い慣れた自分の魔力なので暴走なんてするはずもない。

「何が……どうなって、る……？」

狼狽《うろた》えるジェラシスに言っておく。

「年季が違うんだよ、年季が」

お前がいくつの頃から魔術を嗜《たしな》んできたのか知らんが、俺だって三歳《さい》からだ。

仮に魔術を使い始めた歳《とし》が同じだったとしよう。

「俺は毎日死にかけながら魔術を覚え、かたやお前は悪魔なんかの力に頼ってる」

借り物の力で俺に勝とうだなんて百年早い。

多少危ない所もあったが悪魔召喚で対処法を学んだから、もう初見殺しは通用しない。

「言うじゃねぇか！　ギャハハ、舐《な》めんなよぉ？」

ジェラシスの隣《となり》にいた灼熱の悪魔がメラメラと燃えながら俺を睨む。

「ジェラシス任せろ、俺がアイツの中の狂い火を今から膨《ふく》らましてやんよぉ！」

「…………ん？　何かしてるのか？」

「……どうなってんだ？　狂い火が全然膨らまねぇぞ？」

何も起こらないので悪魔に聞いてみる。

「ちなみに狂い火を膨らませるとどうなるんだ？」

「頭がいかれて風船みてぇに膨らんで爆散《ばくさん》するぜぇ！　ギャハハ！　で、何でしねぇんだよ？」

「知らねぇよ、お前がやったんだろ、ちゃんとしろよ」

「ギャハッ、ジェラシス！　こりゃ傑作《けっさく》だぜ？　こいつまさか、素で狂い火に染まってやがる！」

「えっ」

素で狂い火に染まってるってのは言い過ぎじゃないか。

しかもそれを悪魔に言われるのは心外だぞ。

「嘘だ！　悪魔！　こいつは僕と違ってまともに生きてる！」

悪魔の言葉を聞いて、何故《なぜ》かジェラシスが錯乱していた。

「なら、なんでこんなに普通にしていられる？　僕の方が辛いのに？」

「ジェラシース、確かにそうだよなあ？　お前の辛さに勝てるやつはいねぇよなあ？」

「うん、悪魔とパトリシアだけだよ、僕の辛さをわかってくれるの、うん、うん」

ジェラシスが自分のことを悲観して、それを悪魔が宥《なだ》めるという構図が目の前でずっと続いていた。

不幸自慢《じまん》うぜぇ、かまってちゃんかよ。

小さい頃から悪魔を宿してた風だけど、ずっとこうしてヨシヨシされて生きて来たんだな。

悪魔とイチャイチャするなら他所《よそ》でやれよ、俺の精神世界でするな。

「つーか、おいジェラシス、俺からすればお前の方がまともだぞ」

「そんなことないもん」

「いいや、そんなことあるね」

三歳から魔物《まもの》と戦うことを強いられて、何度も何度も死にかけるんだぞ？

年一で隣国《りんごく》が攻《せ》めてきて、その度に知り合いの死体を一人以上見ることになるんだぞ？

色んな所で捨て地と蔑《さげす》まれて、毎日授業中千切った消しゴムを頭に投げられるんだぞ？

「一つとしてまともなことはないよな？」

ああ、本当にこの世界はおかしい。

慣れたつもりでいても、受け入れたつもりでいても、理解することは絶対にない。

少しはまともになれたかなと思っていても、見てみろ、俺の精神世界は真っ暗だ。

アリシアは真っ白なのに、俺は何でこんなに真っ暗なんだ。解せぬ。

「これで狂い火に染まらない奴が居たら、そいつはすごい奴だよ」

「……そんなの知らない！　もうお前いらない出ていけ！　出ていけ！」

「いや、ここ俺の世界なんだが」

ダメだ、悪魔に取り憑かれたみたいに錯乱し過ぎて話が通じなくなってしまっていた。

あ、悪魔に取り憑かれてたんだった。

「もういいや、早く元の世界に戻してくれるかな？　わかるかな俺の言葉」

内側から俺の魔力を暴走させる技《わざ》を使えなくした今、ジェラシスにできることはない。

狂い火を増幅《ぞうふく》して頭を風船みたいにしてパーンする技も使えない。

「お前ら、精神世界より現実世界の方が戦えてたな」

「ジェラシィース！　良いのかここまでこけにされて、俺はもう許せねえよぉ！」

「でも、本当にどうすればいいかもうわかんないよ……」

子供みたいに不安そうにするジェラシスに巻き付いた悪魔は耳元で囁く。

「普通に目の前のこいつをボコボコにしちまえば良いだろぉ？」

「そっか、うん、僕たちの攻撃だけがあいつに通るんだよね？　この世界だと」

「そうだぜぇ？　良い世界だろ？　なんでも俺らの言う通り、自由なんだぜヒデブッ⁉」

「お、殴《なぐ》れた」

律儀《りちぎ》に目の前で作戦会議をしているのでぶん殴ってみたら悪魔の方を殴ることができた。

「ッ⁉　ッ⁉」

悪魔はいきなり殴られたことでかなり錯乱していて、炎の部分が不規則に揺れている。

なるほどな、悪魔召喚の時も強い魔力の流れと中央の塊《かたまり》を意識したら介入《かいにゅう》できたんだ。

仮に精神世界であっても、その部分を攻撃すれば通用するのである。

見知った魔力じゃないとまだ巧妙《こうみょう》に隠された悪魔の核と思《おぼ》しき部分を見極められないが、慣れればなんやかんや行けそうな雰囲気があった。

「ど、どうやってこの俺様を殴りやがったぁっ！」

「え、そもそも俺がどうやって悪魔召喚の時にお前らに介入したと思ってんだ？」

俺の障壁は感知能力に長けている、ともう何度言えば良いのか。

だからこそ、ジェラシスの魔力暴走も凌《しの》げたのである。

「もちろんジェラシスも殴れるぞ」

呆然としていたそのイケてる顔面をグシャ。

「うぐっ！」

「ジェラシース！　こいつ、何もしてねぇのにいきなり殴りやがったぁ！」

何もしてないって、すでに色んなことをしてるだろうに。

アリシアの左目もどうせこいつらの魔力暴走による仕業だったのだろう。

「借りは返してもらうぞ、お前らの左目でな。二つ寄越《よこ》せ、倍返ししろ」

「ひっ」

腰《こし》を抜かしたジェラシスの髪の毛を掴み上げて、そのまま左目を抉《えぐ》り取った。

「う、ぅぁあああああああああああああああああ！」

「現実世界に影響《えいきょう》があるのかないのかわからんが、とりあえずやれることはやっておくか」

悪魔も掴んで左目に指を突っ込む。

「そもそも眼孔《がんこう》だけで目玉がねぇじゃねーか！　出せおら！」

「し、知らねぇよ！　ジェラシース！　こいつを何とかしてくれぇ！」

「は、はぁ、はぁ……う、うえええええ」

ジェラシスは吐いていた。

俺の精神世界がこいつらに汚《よご》されて行く。これ影響ないよね、俺には。

「ジェラシス、分が悪いから一旦《いったん》退け！　お前がその調子じゃ、もう無理だぜ！」

吐いたジェラシスを見た悪魔は、すぐに彼を抱えると大きく後ろに跳躍した。

ただの騒《さわ》がしい奴かと思っていたが、意外と動けるタイプらしい。

「で、でも……約束したんだ、こいつを殺すって……」

「正直、ここまでやって無理ならもうあいつは化け物だぜ、ジェラシス」

「でもっ！　今逃《に》げたら、お姉ちゃんが！」

「言うことを聞きな、可愛い俺のジェラシィス、お前が負けたら俺も死ぬんだよぉ」

悪魔はジェラシスに絡《から》みついて囁く。

「それにチャンスはまだあるから、そこを狙って行きゃあ良いじゃねえか……？」

「……わかった」

「目の前でまた襲ってくるって言ってる敵を逃がすと思うか？」

仕留めるべく肉薄《にくはく》すると、悪魔の姿が急に薄《うす》くなっていった。

感じる魔力もどんどん小さくなっていき、この精神世界から消えかかっていた。

「逃げるぜ俺は、じゃあな化け物」

「なら俺もすぐに現実に戻って目の前のお前に確実にとどめを刺す」

「ギャハハハッ残念！　現世ではとっくにテメェの前から俺たちは消えてんだよ。燃え尽きて、灰になってとっくに洞窟の外にサラサラサラーってなぁ！　それだけありゃ元に戻れる！」

灰になっても復活できるなんて、もう悪魔憑きじゃなくてほぼ悪魔なんじゃないか。

それで良く精神を保っていられるもんだが、生まれた時からの慣れと、悪魔側からの過剰《かじょう》なメンタルケアで成り立っているのか。

悪魔は容赦《ようしゃ》なく人を誑かすと思っていたが、共生関係を築かれると面倒《めんどう》だな。

「良かったぜぇ、テメェがまだこの世界に慣れてなくってよ！」

「チッ」

どうやってとどめを刺せば良いのかわからないので、このまま逃がすしかなかった。

もっと魔力に余裕があれば行けたのだろうか？

「おかげで俺にも逃げるチャンスがあった！　じゃあな婆婆《しゃば》でまた会おうぜギャハハッ！」

「そこまで狂気に染まってるのに……なんで君はアリシアと普通にいられるの？　そんなのおかしいよ……」

そうして悪魔とジェラシスは俺の精神世界から消えて行った。

「君の方がバケモノじゃないか――」

そんな言葉を言い残して。

◆◆◆

「ラグナ！　ラグナ！」

目が覚めると、アリシアが焦ったように俺に呼び掛《か》けていた。

「アリシア」

「ラグナ！　急に全身が燃えて倒れて、心配したんだから！」

上半身だけ起こすと、力いっぱい抱《だ》きしめられる。

ギュッと、それなりに強い力だった。

しかし、それ以上に柔《やわ》らかく夢心地とはこのことだろう。

「あの敵も灰になって消えちゃったけど、何がどうしてそうなったの？」

「あー、すごい説明が難しいな」

どうやら精神世界ですったもんだしている間、現実での俺は倒れていたそうだ。

悪魔召喚の時のアリシアと同じような形である。

これ普通に複数人で来られて一人に精神世界に入られたら不味《まず》いな、無防備過ぎる。

「とにかく良かった……」

「これが無詠唱を使う魔術師の戦い方だよ、どうだった？」

「本当に剣で仕留めるために魔術を使ってるんだなって思った、しかも高度に」

「それだけわかれば今は十分かもね」

見ても何もわからなかったと言われるよりは、そっちの方が良い。

「それで勝ったの？　燃える人は灰になって消えちゃったけど」

「いや、逃がした」

「そっか……でもラグナが生きて戻ってこれたんならそれで充分《じゅうぶん》よ」

「ありがと」

抱きしめられながら洞窟の出口の方角を睨む。

結局逃亡《とうぼう》を許すのも二度目で、そんな自分が少し不甲斐《ふがい》なかった。

入り込んだ悪魔の倒し方もあまり実践《じっせん》が出来なかったので歯痒《はがゆ》い気持ちが残る。

だが兆《きざ》しは見えたな、悪魔を倒すための兆しは。

「何をブツブツ呟いてるのよ、早く立ちなさい」

「あっはい」

すでにアリシアの抱擁《ほうよう》はなく、仕方なく立ち上がる。

「アリシア、ラグナさん、終わったんです？」

立ち上がった俺たちの元に、未《いま》だに意識を失っているエドワードの足を持って引き摺《ず》りながらマリアナがやってきた。

「そっちも治療は終わったの？」

「はい。ちょっと魔力が足りずに顔以外の火傷の痕《あと》は残ってしまいましたが、大事なお顔だけは何とか戻すことができました」

アリシアの問いかけにマリアナは「はい」と引き摺ったエドワードを見せながら返す。

上半身全部ケロイドみたいになっているのだが、本当に顔だけは綺麗《きれい》に仕上がっていた。元がな、瞼《まぶた》は剥《は》がれて目は潰れて、頬《ほほ》も焼け焦《こ》げて歯とか剥《む》き出しになって、人体模型みたいな状態だったので、ここまで何とかするとはさすが聖女である。

「ただ……」

すごく申し訳なさそうにマリアナは言う。

「髪だけは、髪だけはどうしても無理でした」

「ツルツルだな……」

「ツルツルね……」

いやもう本当に明るい所だと光が反射するんじゃないかってくらいツルッツル。

「一応、見た目も大事かと思って頭皮は綺麗にしておきましたが、たぶんもうどうにもならないと思います。毛根から逝っちゃってます」

「そっか……」

毛根から逝っちゃってるのか、もう二度と生えてくることはないのか。

バカ殿下からハゲ殿下へ、まあかつらを被《かぶ》ればどうにでもなるんじゃないかな。

「ほとんど死んでたんだから、生きてて良かったんじゃない？」

「それはそうだね」

アリシアの言う通りだ。命あっての物種とも言うのだし。

ほら、昔の偉《えら》い武将は命の代わりに髪を切って差し出したという話も聞くし、エドワードは髪を犠牲《ぎせい》にして命が助かった、そういう事にしておこう。

「マリアナ、一応聞くけどトラウマは大丈夫だったの？」

「エドワード殿下に関してはグロさが勝ってしまって、恐怖《きょうふ》よりも吐き気の方がすごかったです……うぷっ、ごめんなさい思い出したら吐き気が……」

マリアナは我慢しきれずにその場で嘔吐《おうと》していた。

彼女がエドワードを治療していた場所を見ると、何とも悲惨《ひさん》な光景が広がっている。

「やべぇな……」

これから彼女はエドワードの顔を見るたびに気絶ではなく吐くのだろうか。

ふ、不憫《ふびん》だ。想像しただけでも、どちらも不憫だと思ってしまった。

まあエドワードに関しては自業自得と言うか、これを機にお忍《しの》び癖《ぐせ》が治ってくれればたぶんかなりの人が救われるだろう。

「じゃ、帰りましょ」

「そうだね」

「そうだ、アリシアが無詠唱魔術を使えたのを見て、私も負けてられないなと思って使えるようになっておきましたよ！　何度か失敗して魔力が足りなくなってしまったんですが、これで私も二人に追いつきました！」

「すごいじゃないマリアナ！」

「えへへ、ご褒美《ほうび》くださいにゃーん」

喜び合う二人を前に、俺はなんだか素直《すなお》に喜べないでいた。

まさか、魔力が足りなくて髪が生やせなかったんじゃないのか……？

それかエドワードを練習台にしていたとか……？

改めて思う、マリアナ、すげぇ女だ。

◆◆◆

ダンジョンブートキャンプから戻ってきて早数日、俺は仕事に追われていた。

前回の療養《りようよう》でやってなかった分が今になって来た。

誰も俺の仕事をやっといてくれなかったことが、本当に悲しかった。

「セバス、俺はどっと疲れたよ。休日が欲しい。どうにかならんか？」

「どうにもならんですな」

ダンジョンでまた全身燃えたんだから、俺は療養したって良いんだよ。

何なら心の中にゲロまで吐かれて、結構内面はズタボロなのだ。

「多感な時期にさ、仕事仕事の連続も良くないと思う」

「なら今休んで良いですぞ」

「本当か、だったらさっそく瞑想《めいそう》しつつ昼寝《ひるね》を嗜ませてもらおうか」

精神世界でジェラシスを仕留めきれなかったのは心残りになっていた。

何とか次こそはって形で、最近魔力制御《せいぎょ》の練習に励《はげ》んでいる。

「水着が出来上がるのが明後日《あさって》ですが、そんなに今日休みたいのなら仕方ありませんね」

「いや、今日仕事を頑張《がんば》ろうと思う。セバス、コーヒー、思いっきりえぐめで」

「ほっほ、坊《ぼ》っちゃんもお若いですな」

お若いですなって言うか、普通に若いんだが……？

精神年齢《ねんれい》はどんなもんかわからんが、肉体に引っ張られる理論で若めってことで。

「坊っちゃん、コーヒーでございます」

「ありがとう。はー、このえぐみ、このえぐみ」

そんなやり取りをしながら本題に移る。

「セバス、結局俺は悪魔を殺しきれなかったよ。灰になっても生き残るなんて無理だろ」

「ほっほ、そこまで自らを悪魔に差し出していれば仕方ありませんな？　状況的に魔力によるごり押しもできなかったようで、坊っちゃんの障壁では些か決定打に欠けます故」

決定打かあ、俺の障壁に一番足りてない物はそこだったか。

「はあ……また狙うって言ってたし、殺しきれなかったのが悔やまれる……」

「大丈夫ですよ、坊っちゃん。悪魔の力にそこまで頼ってしまった愚か者に待ち受けているのは破滅の末路ですから、夏を乗り切ることは無理でしょう」

「本当かあ……？」

学園に戻ると平気そうな顔をしたジェラシスに会いそうなもんだが……まあ良いか。

「そうだ、エドワードの件はどうなった？」

「はい、殿下をお救い致《いた》したことは、オールドウッド家を通じて連絡《れんらく》を取っておきました。坊っちゃんとお二方に何かあるような事は無いと思われますが、それでも一応お気をつけください」

「わかった、ありがとう」

ダンジョン後に連れて帰って来たエドワードは、次の日屋敷《やしき》を訪《おとず》れたクライブに預けた。

どうしてこうなったのかの理由もちゃんと話して。

書面もエドワードが残していたのだが、その上でセバスは俺たちに危険がないようにオールドウッド家に渡《わた》りを付けてくれていたのである。

さすがはセバス、言われなくてもやってくれるできる男だ。

「これでエドワードの庇護《ひご》を失ったパトリシアは学園に居られなくなるのか？」

「それはどうでしょうなあ、ヴォルゼア殿《どの》は、学生の身分である限り実力を認めていれば学園に居ることを許すかたですので」

「でも一国を揺るがすような事態を引き起こそうとしていたのは事実だぞ？」

お咎《とが》めなしになるのはおかしくないか。

俺たちはエドワードの書面があったとしても万が一の危険があるって言うのに。

「彼女の裏にイグナイト家が付いているのならば、追及《ついきゅう》から逃《のが》れる手段はいくらでも残されておりますし、どちらかと言うとエドワード殿下の立場の方が危《あや》うい状況ですな」

エドワードがパトリシアから貰《もら》った恋文《こいぶみ》で地図だと言い張っていた紙切れは、本当にその辺の子供に描《えが》かせたものらしく、何の証拠にもならないそうだった。

むしろそんな馬鹿な手紙に従って一人でダンジョンに行ってしまったエドワードの立場は、めちゃくちゃ悪くなることが予想されるとのこと。

それに美しい金髪《きんぱつ》もツルッツルになってしまって、エドワードを受け取りに来たクライブの顔を俺は未だに忘れることができない。

それはもうすんごい顔をしていた。

「だから殿下の御《ご》心配をしませんと」

「いやそんなのしないよ」

馬鹿の相手をするのは疲れるからね。

「ですが彼のスタンス的には、ブレイブ家に対しても悪くないものですので、パトリシア嬢《じょう》の影響が抜けてしまえばきっとブレイブ領の立場も変わるかもしれませんぞ」

「うーん」

悪くない考えだが、これからエドワードの巻き返しなんてあるのか？

ゲームの中では有能な部類で、確かに良き王となるのがエピローグで描かれていた。

でもこの世界ってもうバグりまくっててどうしようもない。

元主人公のマリアナはダンジョンを見ると興奮し、貴族を見ると気絶し、コーヒーを粗末《そまつ》に扱《あつか》うと人間三人くらいは殺してるだろって殺気を放つ。

元悪役令嬢《れいじよう》のアリシアは、超絶《ちようぜつ》美人で最高の女性に生まれ変わっており、今日も元気に朝から畑作りに精を出している。

彼女の無詠唱耕作は、ブレイブ家でちょっとしたブームになっているのだった。

無詠唱魔術で効率化された畑作業によって、屋敷の目の前の空き地が一日にして畑になった。

俺の周りは、もはや別ゲーに近い何かになってしまっている。

一見、俺が悪いように見えんこともないが、全てパトリシアによって物語の舞台《ぶたい》からつま弾《はじ》きにされた結果なので俺は一切《いっさい》悪くないのだ。

そこに新たにハゲ散らかした王太子が追加されるともなれば、キャラが濃《こ》すぎてマリアナみたいに俺も吐いてしまいそうになる。

「うーん……うーん……」

ツルツルになってしまったエドワードの頭を思い浮かべる度に、何とも言えない気持ちがこみ上げてきて、あ、ヤバい胃もたれしてきた。

「ほっほ、悩《なや》んでおりますなあ」

「俺は何に悩んでるんだ、そもそも」

別に悩むようなことは何もないと思う。

「坊っちゃん、しばらくは敵も派手な動きをしてこないと思われますし、今は仕事仕事、たまに遊んで仕事と夏季休暇《きゅうか》を満喫《まんきつ》しましょう」

「仕事が多いよね」

「それは致し方ありませんな、自分の分は自分で頑張る、それがブレイブ家です」

「……ちなみに兄貴とか親父《おやじ》たちは書類仕事はやってたの？」

「無理に決まってるじゃないですか。坊っちゃんはそんなブレイブ家の中でも多少実務ができる特別な存在なので、もっと誇りましょう」

都合よく使われてるとしか思えないのだが、まあ楽しくないことは無いから良いだろう。

こうしてセバスとうだうだ喋《しゃべ》りながら過ごせるのも夏の間だけだ。

二学期が始まるころには再び王都に戻らないといけないから、できる限り執務に協力して多くの時間を過ごすんだ。

「それをアリシア様に言いませんと」

「心を読むな」

そんなことを話していると執務室《しつむしつ》のドアがバンッと開いた。

この強さはアリシアだなと思っていると、本当にアリシアがマリアナを連れて入ってくる。

「ラグナ、手伝いに来たわよ。さっさと終わらせてゆっくり過ごしましょ？」

「私もお手伝いします！」

最近、執務室に籠《こも》りっきりの俺に気を使って手伝いに来てくれたようだ。

「良いのかありがとう、もう限界を迎えて腱鞘炎《けんしょうえん》になるところだった」

「自分で治せるんだから平気でしょ？」

「あ、いやそうだけど、気分って言うか心の腱鞘炎みたいなね」

「変なこと言ってないで、ほら手を動かしなさい」

「わんわん！」

バカンスだなんだと張り切ってはいたが、こうして二人が来て手伝ってくれる。

執務室に俺とセバス以外にたくさん人がいるこの状況、それが一番だと思った。

これがブレイブ家の夏模様。

こんな時間がずっと続いてくれれば良いな、続けるために頑張って破滅《はめつ》を回避《かいひ》しよう。

俺は今一度そんな決意を胸に、手を動かすのであった。

幕間　悪魔《あくま》の末路【ジェラシス・グラン・イグナイト】

「――はぁっ！　はぁ、はぁ……」

燃え尽《つ》きて灰になってしまった姿から元の姿に戻《もど》る。

「おえっ」

どこかもわからない森の中で僕《ぼく》は激しく嘔吐《おうと》していた。

悪魔と同化する度に、心はどんどんグチャグチャになっていく。

すごく苦しかった、今まで以上に嫌《いや》な気分になった。

それでも何とか頑張《がんば》ろうとしていたのに。

「また……ダメだった……ダメだったよ姉さん……」

せっかく悪魔と同化までして、弱ったところを狙《ねら》ったのに。

どうして、どうして、どうして、どうして。

結局エドワードも殺せてないし、全《すべ》てが無駄《むだ》に終わってしまったことに絶望する。

「どうして、どうして、どうして、どうして」

『そりゃあ、相手が悪かったぜ？』

地面を殴《なぐ》りつけていると、頭の中に悪魔の声が響《ひび》く。

『あいつは正真正銘《しょうめい》のバケモノだ、さすがに分が悪い』

「そんなの知らない！　知らない！　知らないよッ！」

地面に激しく頭を打ち付けて叫《さけ》ぶ僕に、悪魔は優《やさ》しく囁《ささや》いてくる。

『無理やり入った精神世界ですら心に一切《いっさい》の隙《すき》もねえし、ジェラシスの暴走の炎《ほのお》も抑《おさ》え込《こ》んじまうし、悪魔の心臓である核《かく》を正確に見抜《みぬ》いてくるし、何よりお前以上の狂気《きょうき》を持ってた。だから負けたって仕方ねえ相手なのさ』

そ、そんなのどうしようもないじゃないか。

「お前は、お前は勝てるって言ったじゃないか！　お前は勝てるって！」

悪魔に当たり散らす。

勝てる見込《みこ》みがあるからこそ、僕はお姉ちゃんに言われた通りに悪魔を受け入れて、供物《くもつ》無しでも憑依《ひょうい》できるように身体《からだ》を全部差し出した。

もう、戻れない場所にまで来てしまったんだ。

それで倒《たお》せないなんて、おかしい、おかしいおかしいおかしい。

『おいおい、悪魔を万能《ばんのう》だと思って欲《ほ》しくねぇぜ？　なんでもできるわけじゃねえよ』

「なら、あんなのどうやって倒せば良いんだよ！」

弱ったところを狙っても炎を無力化され、圧倒《あっとう》的な実力差で負けた。

剣《けん》の実力も何もかも勝てなかった。敵《かな》わなかった。

心の内側に秘める狂気の力、僕が唯一《ゆいいつ》お姉ちゃんに褒《ほ》めてもらった物。

「それすらも、それすらも負けていた……？」

『ありゃマジでバケモノだな、ギャハハハッ』

「笑い事じゃない！　笑い事じゃないいいいいいいいい！」

髪《かみ》を掻《か》きむしり、草むらに身もだえる。

どれだけ耳を塞《ふさ》いでも、その奥《おく》の鼓膜《こまく》を破っても、この悪魔は僕の頭の中に囁き続ける。

四肢《しし》が千切れても、心臓を貫《つらぬ》かれても、頭が潰《つぶ》れても、何をしても僕は死ななくなっていた。

この悪魔が勝手に治してしまうから。

灰になったまま、遠くまで、どこか遠くまで、海が見える場所まで飛ばされて消えてしまいたいと何度思ったことか。

『お前もバケモノだなぁ、ギャハハッ』

「うるさい」

もう戻れない、引き返せないから前に進むしかないんだ。

「僕は、前に進むしか……」

『そうだなジェラシィース、お前の求める物はなんだぁ？』

「うるさい喋《しゃべ》るな」

『いやだぜぇ、俺《おれ》のせいにすんじゃねぇよ。そもそもありゃお前の心が弱かったんだ。自分に実力が無かったことを棚《たな》に上げて当たり散らして、子供の頃《ころ》から変わってねえなぁ？　ギャハッ』

「うるさい！　うるさい！　うるさい！」

木に頭をぶつける、ガンガンとそのまま死んでしまえばいい、悪魔ごと。

『はあ、このままだと死ぬ思いで努力してきた姉貴を否定することになっちまうぜぇ？』

それだけは絶対に嫌だった。

「……どうしよう、お姉ちゃん謝ったら許してくれるかな？」

今のところ何もかも失敗してしまっていた。

聖具を取ってくることも、エドワードとラグナ・ヴェル・ブレイブの殺害も、何もかも。

悪魔が囁く。

『怒《おこ》られるだろうなあ？　可哀想《かわいそう》なジェラシスゥ』

嫌だ、怒られたくない、嫌だ嫌だ！

『抱《だ》きしめてもくれないし、キスも、その先もしてくれなくなるだろうなあ？』

「嫌だ！　嫌だ嫌だ嫌だ嫌だ嫌だ！」

怒られたっていい、お姉ちゃんに愛してもらえなくなるのだけは嫌だった。

それが無くなってしまったら僕の存在理由は無くなってしまう。

『だから？』

だから……？

『みんな殺して、みんな壊《こわ》して、アリシアを奪《うば》って？』

みんな殺して、みんな壊して、アリシアを奪って。

「――僕と同じにしてあげないといけないんだぁ」

『それで合ってるぜジェラシス。クヒヒヒッ、良い子だ、百点満点やるぜ？　そんな良い子ちゃんで可愛《かわい》いお前に、俺様がもう一度だけあいつに勝てる方法を教えてやるよ？』

「どうすればいい？　どうすれば勝てる？　次は勝ちたいよ」

『まだ俺にくれてないもんがあっただろぉ？　ギャハッ！』

まだ悪魔に渡《わた》してないもの、一つだけあった。

でもそれは、お姉ちゃんに取っておきなさいと言われた大切な物だった。

絶対に絶対に失くしちゃいけない大切な物。

クソみたいな家の中で、ドブのような環境《かんきょう》の中で、来るべき日のために残しておいた。

――僕の魂《たましい》。

お姉ちゃんの言葉を思い出す。

『――ジェラシス、どれだけ辛《つら》くても大事にしなさい。怪我《けが》させられても踏《ふ》みにじられても、それがちゃんとあれば私たちはいつだって前に進めるんだから――』

「ダ、ダメだよ！　これは、これだけはダメって言われてるから！」

お姉ちゃんと前に進むための、未来に向かうための、大事な意志が宿るモノ。

悪魔に渡しちゃいけないんだ。

『でもよぉ、全部失敗して、前に進めなくなっちゃってんの、どこの誰《だれ》のせいだぁ？』

「それはあの男の」

『いいや、ジェラシスお前だよ。全部負けたお前のせいだ』

「そんな、なんでそんなこと言うんだよ。僕だって頑張ったのに……」

『頑張ったぁ？　ギャハッ、同じだけ生きて来たのに、これだけ基礎《きそ》の実力に差が開いてたんだぜ？　心も何もかも。それは事実なんじゃねぇのかぁ？　あぁん？』

「あ、う……」

ラグナ・ヴェル・ブレイブを想像するだけで、嫌な記憶《きおく》がたくさん蘇《よみがえ》る。

首を刎《は》ねられ、心臓をえぐられ、腕《うで》を斬《き》り落とされ、左目まで。

「ヴっ、うぉろろろろろ……はぁ、はぁ……」

『せっかく力を貸してやったのに、お前の実力が無いんじゃどうしようもねぇよなぁ？』

だから、と頭の中に響く悪魔の語りは続いていく。

『ちょっとだけで良いんだぜ？　ほんのちょっとだけだ。ジェラシスゥ、俺らはずっとずっと昔からの運命共同体だろぉ？　お前が生きてるだけで俺様は嬉《うれ》しいんだよ』

「……わかった」

魂以外は全て差し出したようなものだ。増えても変わらない。

少しだけ、少しだけならお姉ちゃんも何も言わないはずだ。

「それで勝てるなら、次こそあいつを殺せるなら」

『たりめぇだろぉ、ギャハハッ！　魔力《まりよく》ってのは魂に強く残るんだ。そこを貸してもらえりゃ、悪魔の魔力が使えるからよお、あの障壁《しようへき》じゃ防御《ぼうぎよ》しきれねぇよ？』

悪魔の声がどんどん近くなって頭の中でグワングワンと反響《はんきよう》する。

『だから宣言してくれよ――魂を捧《ささ》げよう、って』

そして僕は言われるがままに宣言する。

「お姉ちゃんのためだからね？　――僕の魂を、捧げよう」

その瞬間《しゆんかん》、心の中が真っ黒になったような感覚がした。

あいつの精神世界みたいに。

ドロドロとした黒い感情で埋《う》め尽くされて、でもそれと同時にとてつもなく強い快感が頭の先からつま先まで駆《か》け抜《ぬ》けて、下半身がドクドクと脈打つように震《ふる》える。

「あぅ、あぅ、あっ」

放心状態になった後、僕が勝手に喋り出した。

「ヒャハハハハハッ！　ギャハハハハハハッ！　良い子だジェラシス！　これでお前の身体も魂も全部が全部俺様のもの！　ウヒャヒャヒャヒャヒャヒャ！」

『ッ⁉　話が違《ちが》うじゃないか、悪魔！』

これはどういうこと、なんで僕が、なんでどうして。

「ああん？　まだ意志が残ってんのか？　馬鹿《ばか》か、ブレイブなんか相手にしてられっかよ！」

『そ、そんな……』

「あんなの相手にしてたら命がいくらあっても足りねぇよ！　三百年も耐《た》えた一族だぞ！」

『あ、あああ、あああああああああ』

「可哀想なジェラシスゥ、でも俺様が現世でお前の分も好きなように生きてやっから、その幸せを噛《か》みしめな？　グフッ、ギャハハッ！　俺様は最高に運が良い、待った甲斐《かい》があった！　適性持ちの馬鹿なシスコン小僧《こぞう》は騙《だま》しやすくて笑えてくるぜ！　クヒヒッ、グヒッ、アヒョッ！」

下衆《げす》みたいな笑《え》みを浮《う》かべる悪魔、僕の身体の自由はもうどこにもなかった。

深い深い海の底に落とされたような感覚がして、もがいても浮上《ふじょう》することはできずに、真っ暗な何もない空間に堕《お》ちていく。

ああ、僕は、なんてことをしてしまったんだろう。

後悔《こうかい》してももう遅《おそ》かった。

「まことに哀《あわ》れな魂ですな」

声が聞こえた。

「救いの手すら歪《ゆが》んでしまっているとは、由々《ゆゆ》しき事態でございます」

「あん？　誰だジジイ――あえ？」

薄《うす》れゆく意識の中で、身体が両断される感覚がした。

魂ごと引き裂《さ》かれるような、そんな感覚。

「ぐああああああああああああああああああ！」

悪魔の叫び声が聞こえてきた。

激しい痛みは、僕は特に感じない。それよりも心が痛かった。

「な、なんだお前ええええ！」

「いくら対策をしたとは言え、自衛のみで坊《ぼ》っちゃんはまだ殺しきれませんからな」

「ま、待て、取引しよう、俺様が願いをなんでも叶《かな》えてや――」

「必要ありませんな。ブレイブ家は代々《だいだい》自分の力で切り開くのです。それに……下等な下級悪魔如《ごと》きに叶えられる願いなんぞ、たかが知れてるでしょう？」

いただきます、そんな言葉と共に悪魔が消えた、そんな気がした。

でも僕はもう戻れない。

心が折れてしまったみたいで、もう手足が動かないんだ。

ああ、パトリシアお姉ちゃん、約束を破って本当にごめんなさい――。

幕間　旅支度【パトリシア・キンドレッド】

「――本当に、馬鹿《ばか》な弟」

半分に千切れてしまったウサギのぬいぐるみは、跡形《あとかた》もなく塵《ちり》となって消えてしまった。

これが意味するものは死。

生まれた時から彼《かれ》の心に巣食っていた悪魔《あくま》ごと、ジェラシスは死んでしまったみたい。

「この様子だと、エドワードはまだ生きてそうね」

そしてラグナ・ヴェル・ブレイブも。

ジェラシスが負けてしまうことは正直予想していた。あの子は自分に甘《あま》いから。

それでも身体《からだ》を悪魔に渡《わた》した状態ならば負けることはあっても死にはしないと思っていた。

結果は？　……死んだ。

ピンク色の可愛《かわい》いウサギのぬいぐるみが黒く染まったことで、魂《たましい》を渡したことがわかる。

それはやめておきなさい、と言っておいたはずなのに。

「……馬鹿な弟」

でも言われたことを聞いて今まで生きてきたのだから仕方がない。

少しだけ悲しいけど、こんなところで立ち止まってる場合じゃない。

「はあ、不味《まず》いわね、この紅茶」

無駄《むだ》に高いくせに、美味《おい》しくもない紅茶を飲みながら独り言《ご》ちる。

イレギュラーは多数。

夏が終わればやってくるであろうブレイブ領の消滅《しょうめつ》イベントは、恐《おそ》らくラグナ・ヴェル・ブレイブが生きている限り起こらない。

何のために彼が舞台《ぶたい》に介入《かいにゅう》してきたのかを考えれば自《おの》ずとわかる。

それを踏《ふ》まえれば、悪魔に取り憑《つ》かれたアリシアが起こした守護障壁《しょうへき》の崩壊《ほうかい》も起こらない。

「ま、そうなってしまったのなら、もうどうでも良《い》いわね」

お馬鹿な男たちから欲《ほ》しかったモノは全《すべ》て得ているのだから、もうこの国にいる意味もない。

荷物をまとめる。

保険として残しておいたカストルのルートもエドワードが生きているのなら使えそうもない。

精々《せいぜい》内側からこの国を引っ掻《か》き回す役割をになってもらおうかしら。

「やっと肩《かた》の荷が下りたと考えればそれで良いのね？」

無理して複数人の子守をする必要が無くなったのは素直《すなお》に嬉《うれ》しかった。

逆ハーレムなんて、有り得ない。

どいつもこいつもエドワードの顔色を窺《うかが》って、何となくそれに合わせている盲目《もうもく》たち。

それで少し身体を触《さわ》らせてあげれば顔を赤くするようなガキ達《たち》にはうんざりしていた。

嫌《きら》いだ、嫌いだ、嫌いだ。

都合よく作られたこの世界が嫌いだ。

それを享受《きょうじゅ》する馬鹿な男たちが嫌いだ。

全部、あの障壁が悪い。

全部全部、あの障壁が悪い。

「それだけは必ず壊《こわ》す、ぐちゃぐちゃになるまで」

全てがぐちゃぐちゃになって、母なる海に還《かえ》って、真っ新《さら》になってしまえばいい。

「壊してあげるのは貴方《あなた》のためでもあるのよ、――辺境伯《へんきょうはく》様?」

窓の向こう、隣《となり》の領地であるブレイブ領の方角を眺《なが》めながら私は笑う。

元に戻《もど》ろうとする捩《ね》じれた運命の渦中《かちゅう》にいる辺境伯。

貴方は私がアレを壊す時、どんな反応を見せるのかしら?

守るのかしら?

それとも黙《だま》って見ているつもりなのかしら?

「ふふん、楽しみね」

どんな選択《せんたく》を取っても私にとってはどうでも良い。

都合が良いか、そうじゃないかの違《ちが》いでしかない。

近場で壊れてしまった学園生活を見ることができないのは残念だけれど、次のことを考える。

向かう先は、コンティネント公国。

イグナイト家とペンタグラム家を通して、すでに留学と言う形を取り付けてあった。

はあ、これでわざわざ雰囲気《ふんいき》を装うために髪《かみ》を染めなくても良い。

この世界で染めるのは髪が傷むから嫌《いや》だった。

傷んだ髪が抜《ぬ》けて枕元《まくらもと》に散らばっている。

金色に染められた髪の根元は、黒だったり白だったり、ふふ、この国にピッタリの色。

白は聖女で、黒は勇者、それが金色に塗《ぬ》り固められて……そろそろ馬車の時間ね。

荷物を持って私は部屋を出ながら首に掛《か》けたペンダントに話しかける。

これはイグナイト家から持ってきた聖具の一つ。

「ねえ、コンティネント公国には綺麗《きれい》な海があるのよ？　貴方、行ってみたかったでしょ？」

ペンダントは話し掛ける度に淡《あわ》く輝《かがや》いていた。

「海は良いわよ？　あんな障壁なんかよりもっと大きくて、とても広いの」

いつか見せてあげるから、待ってなさい。

すごく綺麗できっと驚《おどろ》くわよ？　――ジェラシス。

あとがき

　これは私の持論なんですが、味は濃《こ》ければ濃い方が良いように、身体《からだ》に悪そうであればあるほど旨《うま》いように、キャラは濃ければ濃い方が良い、ストーリーは突拍子《とっぴょうし》も無ければ無いほどに良い、そう思っています。濃いキャラクターって良いですよね、私は大好きです。

　濃いキャラクターを見ると、どうしてこんな性格になってしまったんだろうとその背景をついつい妄想《もうそう》してしまい、いつの間にか数日ほど経過していることもありました。

　ストーリーも同じように突拍子もない展開が大好きなんですが、いっつもバラエティに富んだ味ばかり食していると、たまには実家の味が恋《こい》しくなってきます。

　異世界モノで言うとステータスやスキルがあって、ゴブリンやオーク、ドラゴンがいて、チート主人公がそれらを屠《ほふ》っていく。

　あーこれだよこれ、これこれ、これで良いんだよってなるやつです。まるで実家のような安心感と言いますか、想像通りに進んでいくストーリーって言うのも、サクサク読めて快感ですよね。

　バラエティに富んだ濃いキャラクターに、超絶怒涛《ちょうぜつどとう》の突拍子も無いストーリー、でもベースはサクサク読める定番の味感。

　これらが私が執筆《しっぴつ》する上で大事にしている要素です。これからも頑張《がんば》ります。

　ちなみに普通《ふつう》の料理の話で行くと薄味《うすあじ》派で味変もチャレンジも全くしない人間です。